Jonas Assombro

CARLOS NEJAR

Jonas Assombro

romance

SÃO PAULO 2008

Copyright © 2008 by Carlos Nejar

1a edição – agosto de 2008

| | |
|---:|:---|
| Produção Editorial | Equipe Novo Século |
| Capa | Victoria Rabello |
| Imagem de Capa | *Um inglês em Moscovo*, de Kazimir Malevitch |
| Projeto Gráfico e Composição | Victoria Rabello |
| Preparação de Texto | Edson Cruz |
| Revisão | Vera Lúcia Quintanilha |

Dados internacionais de catalogação na Publicação (CIP)
(Câmara Brasileira do Livro, SP, Brasil)

---

Nejar, Carlos
    Jonas Assombro : romance / Carlos Nejar. — Osasco, SP : Novo Século Editora, 2008.

1. Romance brasileiro I. Título.

08-06688                                                                           CDD-869.93

---

Índices para catálogo sistemático:
1. Romances : Literatura brasileira 869.93

Impresso no Brasil
Printed in Brazil
Direitos cedidos para esta edição à
Novo Século Editora Ltda.
Rua Aurora Soares Barbosa, 405 – 2º andar
CEP 06023-010 – Osasco – SP
Tel. (11) 3699-7107 – Fax (11) 3699-7323
www.novoseculo.com.br
atendimento@novoseculo.com.br

Para Elza,

com flor de lua
entre os olhos.

> *Deparou, pois, o Senhor um grande peixe,*
> *para que tragasse a Jonas e esteve três*
> *dias e três noites nas entranhas do peixe.*
>
> JONAS 1,17

> *Possunt, quia posse videntur.*
> *Podem porque acreditam poder.*
>
> VIRGÍLIO MARO

> *A memória tem frente e fundos*
> *Como se fosse uma casa;*
> *Possui até mesmo um sótão*
> *Para os refugos e ratos.*
> *E o mais profundo porão. (...)*
>
> EMILY DICKINSON
> Tradução: Ivo Bender

> *Quando as coisas chegam*
> *ao fundo não se arrancam mais.*
>
> GARCÍA LORCA

> *Sentimos e experimentamos*
> *que somos eternos.*
>
> SPINOSA

> *Os pensamentos não andam para trás, voam,*
> *se nos descuidamos.*
>
> JONAS ASSOMBRO

# Prefácio

## Carlos Nejar ou o modo como as coisas nos olham

> *E me dei conta: o presente é que é*
> *fabuloso, o futuro é cego como a terra.*
>
> Carlos Nejar

Goethe disse um dia que a razão perdera o contato com a terra. Desterrado, o homem perdeu o norte e a literatura ter-se-á, assim, remetido a um silêncio trágico. Condição essa que se transformou na mais acalentada obsessão do escritor: encontrar uma linguagem que possa reencontrar as coisas e tratá-las pelo seu nome. Configura-se esse dilema na figura de Hofmannsthal, na célebre *Carta de Lord Chandos*, em que a personagem central confessa esse dilaceramento interno, optando pela recusa da linguagem convencional, incapaz de alcançar a epiderme das coisas. Em vez dessa melancolia acerada, que dita o declínio da literatura, persiste o "heroísmo do nadador", parafraseando a célebre figura baudelaireana, que nada contra a corrente e antecipa o perigo em que incorre: a mais extrema e dolorosa solidão e o medo de perder o pé no imenso mar da linguagem.

Tal como Guimarães Rosa ou Clarice Lispector, essa voz assombrada, vítima confessa da radical solidão da escrita e do seu exílio, também a escrita de Carlos Nejar, é, em toda a sua paradoxalidade, prisioneira e igualmente condição da possibilidade de uma abertura para o infinito mundo da criação e do sonho criador. Para esses autores, afastados do mediatismo fácil da literatura, trata-se de procurar o rasgão da linguagem, o lugar onde ela alcança a luminosidade de um secreto caminho que se desvela em toda a sua riqueza, no momento em que nele se anda pela primeira vez. Para se entrar no universo literário de Carlos Nejar, é preciso deixar para trás as fórmulas literárias e deixar que a linguagem nos envolva e nos contamine com o seu encantamento. Como em todas as obras de Nejar, a força poética da sua linguagem é talvez a mais acessível porta de entrada ao seu universo.

Chame-se a esse *topos* Pontal, Poço dos Milagres ou Assombro, pois qualquer um desses nomes designa um lugar inaugural, nascente de onde brota a energia do maravilhoso, fonte irradiante de Palavra e de Sonho. O autor toma para si o princípio de Aristóteles, o de "que o princípio da filosofia é o maravilhoso. E o princípio do maravilhoso é o de a realidade ser tão real, que se inventa", como ele próprio o afirma em *Jonas Assombro*. Transfigurar a realidade nua, burilando a metáfora até à sua expansão máxima e dotando a imagem de uma pujança filosófica, é uma tarefa que expõe o romancista às forças indomesticadas da linguagem e da escrita. E, tal como os grandes visionários da literatura, como Kafka ou Rulfo, a realidade não é senão a ínfima fissura por onde se entra a fundo no mais poético onirismo. Nejar desinventa o real, desossifica-o e cria um universo em que a verosimilhança não é, em absoluto, a sua prioridade. Todas as diferenças se dissipam, para dar lugar a uma realidade improvável, por vezes de uma leveza chagalliana, por outras de uma opacidade próxima do universo de Maeterlink. É, aliás, esta tensa oscilação entre o lado mais luminoso e apolíneo e o universo obscuro, dionisíaco, cúmplice do mal e da morte, que configura o equilíbrio perfeito e orgânico da obra.

Em Assombro, lugar que, no limite, configura o umbral entre o sonho e a vida, deparamo-nos com estranhos seres, simbólicos portadores de mágicos poderes, como Jonas Assombro, que opera e cura pela palavra. Tropeçamos, a cada passo, com personagens de nomes bizarros, doenças e sintomas que atestam as irreparáveis forças da terra, como é o caso da doença das violetas, que irrompe nos humanos e os sufoca, devolvendo-os à terra e à mais vegetal das condições. E aqueles que sucumbem à doença das violetas e são levados à terra são protegidos pelas aves, esses mensageiros do espírito, de destino incerto e misterioso. Esta simbiose entre terra, ar, água e fogo é, aliás, uma constante do universo do autor, advertindo-nos constantemente para o poder absoluto da terra, a par da razão. Lembrando-nos, a cada momento, de que estamos vivos, de que nos alimentamos, que dormimos e amamos, mas que, por outro lado, somos também ameaçados pelo futuro e pela morte, nada disso ensombra a leveza desta poética que se quer imanente e mística, fundindo o profundamente espiritual com o mais terreno dos elementos. O divino perpassa todas as suas dimensões, consagrando a experiência que se perde na dobra do tempo e reclama para si a eternidade. Talvez por isso não haja diferença entre o dia e a noite, sendo antes substituída essa passagem pela dimensão aurática do sonho e do presente.

Tal como Jonas é engolido pela baleia — e Nejar parte desta passagem bíblica como a mais expressiva epígrafe do livro —, Jonas Assombro reconhece-se, nessa iniciação, instituído pelo poder de restaurar a ordem em Assombro. É ele que detém o mais poderoso (e perigoso) poder: o da palavra. É, pois, pela magia da palavra e da nomeação que Jonas cura os seres e opera sobre o real. Se a profecia anda sempre de mãos dadas com a poesia e com o mistério da linguagem, então Jonas assume o rosto do moderno profeta em Assombro, que nas gravuras antigas era também representado como o anjo.

Nenhuma palavra é sonhada, ela traz consigo esse excesso divino que opera, que transforma, que mata e cura. Nesse sentido, ela é plenamente real e o seu uso pode, a qualquer momento, tornar-se desmesurado e destruidor. Na sua forma mais poética (e também profética), Nejar coloca aqui o problema ético da Lei, aproximando-se da obsessão kafkiana. Usar a palavra é também criar a lei, o tempo e o presente, a atualidade plena e integral. É também o modo como Jonas se reconhece e conhece o mundo, descobrindo a sua pertença recíproca e a das coisas no universo. Sempre que a desordem e o tumulto, a dor e o sofrimento aparecem, Jonas recorre ao poder da palavra, que repõe a ordem e a harmonia. Não sem traçar o círculo, que desenha o lugar de suspensão em que o ato divino acontece. É pela palavra que cura a cegueira de Susete Barin, é a palavra que lhe devolve a visão, na mais expressiva metáfora do livro, pois só a palavra cria a realidade e lhe dá o sentido. Encontramo-nos, aqui, diante da revisitação do gnosticismo e dos mitos que a ele lhe estão ligados. Em Nejar, apesar da aparente e quase desarmante simplicidade da sua escrita, os vários níveis ou camadas de leitura e interpretação desafiam a inteligência do leitor, apelam a uma cumplicidade atenta.

A dimensão do tempo é um dos aspectos mais desconcertantes de Jonas Assombro. É certo que não há história, não há futuro, mas uma suspensão onírica que faz flutuar os seres numa semi-existência. Mais uma vez nos encontramos diante do mistério da linguagem poética, onde o fio dos acontecimentos segue um curso sonambúlico, alternando entre a mais luminosa clareira dos sonhos e o sombrio pesadelo. A efabulação toma o pulso da narrativa, deixando-nos desarmados perante a lógica pura e factual. Descobrimos que essa racionalidade não se encontra aqui, mas que a vidência é a lei do escritor. Uma vidência que extravasa a normalidade dos acontecimentos, que nos obriga a pôr de lado as nossas lentes canônicas e acadêmicas, para compreender o modo como a linguagem se pode converter na mais elevada das vocações, transcendendo o uso instrumental da linguagem, na proximidade da respiração da terra, como o mais silencioso dos destinos.

*Maria João Cantinho*
Crítica portuguesa da Universidade de Lisboa

# Capítulo Primeiro

## 1

O ventre do grande peixe está sempre viajando em mim e parto para um tempo onde tudo acorda. Sou **Jonas,** igual ao outro, que foi também por peixe vomitado. E o Destino, a quem obedeço e contra quem, às vezes, me rebelo, fez-me escriba, revisando o Arquivo Municipal. Servidor da memória. E também me concedeu o alvará de morador desta cidade, com o apelido de família que faltava — **Assombro**. E esse nome me enuncia. Mas a memória não é nem será nunca um dedo trêmulo, como queria Juan Benet, tipógrafo, inventor de símbolos, que carregava nas burras de seu corpo vida nova. O que carrega vida velha é pior que a morte, por ser vida que se destelhou. Repito: a memória não é um dedo trêmulo, porque perdeu as mãos no ventre. Por isso precisa de alguém que lhe escreva, seja paciente. E o que desborda da infelicidade — não é o tempo — é a morte. Podendo ser feliz, quando não tiver mais tempo. Por começar também a não ser morte.

A memória me adula e me paga com sobras e nem carece de que eu quite essa dívida. E o que me ensinou é que a morte não tem dívida, só a vida. Como há objetos que a ninguém pertence e as cartas que nunca foram enviadas.

E não escrevo para ver ocupados os críticos, eles não sabem que ficaram desocupados por demissão de memória. Simplesmente porque ela está comigo. E a um escriba e revisor não abandona, por ter à mão acontecimentos que só ambos sabem. E apenas os futuros acharão. Embora muitos se curem das febres, cedo ou tarde, a memória é febril eternamente.

E é ela a verdadeira contadora de histórias, certa de que as agruras e as provações, mesmo as da coletividade, até o silvar das batalhas, se toleram ao serem contadas. E sem história é o silêncio. E não há então Destino.

Acaso as histórias simbolizam? As histórias são tudo o que o Destino poderia adivinhar de si mesmo. E se a história for nobre, pode roçar a esfera do divino. E divino é o natural. E se os humanos sofrem e amam, o Destino não sente, nem ama, cumpre sua lei, atingindo dimensões que não direi definitivas, e sim, máximas.

E conjuro as letras já empedernidas, vozes que os documentos escondem e as que não foram anotadas. E há muitos recantos de gente em gente que nem se sabe. Como os há no fundo oceânico, de onde vim, náufrago, atirado do porão de um navio para o porão do mar, e por graça do Altíssimo engolido e hóspede de imenso peixe, acho que por uma baleia, recordo o estômago azul, um ventroso arcabouço, com candeias de algas e era como se eu descesse do mais remoto monte ao abismo. E jogado fui, jogado à praia, tal se viesse de uma mãe com a idade do crescido oceano (ou foi a palavra o peixe que me engoliu?). Não renasci por defeito, renasci por Destino. E desta terra — por ter-me dado eito e nome — não, agora ninguém me arranca. Ou mais, no dizer de um sábio, com quem de esquecer, aprendi: "Para brotar, pouca terra e para morrer, terra inteira".

## 2

Conto sobre uma morte súbita — "umas são menos que outras" (balbuciava meu finado avô) —, morte relinchante: a de José Barin (parecia ter um cavalo por dentro quando expirou), vítima do choque do seu volks contra a cauda de um caminhão, por não ter morrido logo, mas aos poucos. E conhecia sua mãe Susete. Nos seus 45 anos (a idade feminina sempre tem escuridões), viu-se atingida por tanta e desnorteante dor que principiou a pegar ceguez como um capuz e a surdeira num dos ouvidos, tal se besouros saltassem deles. Porque tinha pedra dentro, pedra que aumentava e era difícil qualquer conserto nas extraviadas idéias. Nem o enterro de seu filho acompanhou. Sem forças, deixou-o só com a parentela e amigos, deixou-o no desamparo dos palmos a sorvê-lo. E não há morada igual à solidez do barro que é mais cego, mais surdo e entranhado. E morrer vai de acordo com a imaginação, às vezes contra ela. E não dá para perceber se a morte quer falar conosco, ou somente com a imaginação. Nunca para poupar-nos.

## 3

Susete, apontando com a mão, vozeava: — José morreu aqui, bem no peito! E a dor não consola dor. E não podia estar perguntando. — E daí? Ou só isso? Era tudo junto, um tudo inacessível. E quanto tempo o barulho ficou na minha cabeça, não digo. O barulho estava rebentando é no céu com nuvens. E eu fora. Era domingo de manhã, com relógio inexato. E outro, bem mais definitivo, o que Susete carregou, ao penetrar na igreja central que freqüentava, como um raio, diante dos atônitos fiéis, pegando palavras na mão e as colocando sobre o altar. Com pressa. E chorava. Cobriu também os olhos de palavras que começaram a andar sozinhas atrás dela. Depois se retirou do templo, silenciosa. Tal se tivesse brigado com a vida, brigado com a morte e até com as palavras que ainda a ajudavam, misericordiosas. E após, com fúria, Susete passou meses trancada em casa. Por não estar de acordo com a perda nem com a exorbitância de imagens, como se as pálpebras fossem. E xingava as palavras, por acreditar que elas pudessem tudo, mesmo restituir-lhe o filho morto. E continuava acreditando. Como um cavalo ferido de quem tivessem tirado a garupa. Mas há buraco nas palavras. E é preciso preenchê-lo. Não, não existe dor suficiente!
— aventava. E ali perto, ao visitá-la, eu não queria ouvir. Disse-lhe: — Estou solidário! E seu rosto não moveu nenhum músculo. Insisti: — A dor é verde e, quando amadurece,

pára. E ela me olhou sem olhos. Continuei: — Calma! — Nem mais ou menos! — reagiu: — A dor não tem calma! Sem que eu retorquisse. E que conselhos lhe daria? Confirmei: — Sim, a dor nos desafina... Só que ignorava de onde vinha a música. — Alguém ensina a dor a ficar madura? E, sem conversa, afastou-se. E eu também. A sorte é o galgo atrás de um gato. Mas com os galgos me entendo, com a sorte não. E sou o que conta todos esses sucedidos. Não pretendia, menino, ser grande coisa na vida, preferia que ela fosse grande em mim. E agarrei memória de elefante, cresci e, mais velho, o elefante comeu minha memória. Careci de que ela me emprestasse outra. Em compensação, inventei, inventei e descobri que o elefante é a imaginação. E depois pode até ser uma borboleta. E me acostumei, ainda que ninguém se habitue em Assombro, com sua vocação de prodígios. E não tem mais palavras que a vistam. Não ouvi. E se Susete brigou muito com a palavra, não sei o que disso resultou. Sei que sobra tempo e ele é porteiro do Destino. O tempo é feito de palavras. E se desejo, começo a lutar para existir. Vou lutar até ver o primeiro rosto, as pegadas. Porém, não entendo porque tal coisa acontece, nem conheço outro modo de viver, senão de palavras. E eu não aceitava tutorias: acho que nem elas me aceitam. Num mal-estar recíproco. Alguns diriam que é esse o tal de mal-estar da modernidade. Não creio no estalo desses rebenques, ou alvoroços. E a cegueira de Susete deve julgar bem as simetrias, tendo talvez certa clarividência ou perspicácia ao interpretar o tremor dos dedos alheios. E com sua bengala, ao procurar uma coisa, encontrava outra. E nem lhe cabia com a ponta da bengala alcançar um alfinete. E os únicos olhos vivos nela são os do espírito, que o sofrimento aguçou. E a esses, muitos filósofos não têm. E a memória do tato era toda memória que Susete retinha do universo, pintada pelo que a imaginação lhe dita. Por ter alma na ponta dos sentidos. E os seus ouvidos tinham boca que se lacrara por excesso de sonhos. Simplesmente porque os seus sonhos também não possuíam boca.

## 4

Meses depois fui procurá-la. Nunca acatei os fatos consumados do Destino. E Susete estendeu-me as mãos impassíveis. Compreendeu que as pequenas atenções são senhas de ouro de nossa comum humanidade. — Vim para ajudá-la! — adiantei. — Como? — foi a pronta resposta. — Com o poder que a palavra sabe! — anunciei. E ela: — Eu desaprendi — e falou com voz arrastada. — A palavra sabe! — reiterei, seguro, confiante. E vi que ela tinha benevolências no rosto. — Mas o lume não se perdeu? — indagou-me, quase pétrea. — A palavra se acende! E foi como Susete se encheu de crença, acreditou haver Destino nisso. O que foi um frêmito e me atingiu. Peguei, sim, palavra na mão, jorrando como fonte. E coloquei palavras úmidas, e devagar, nos olhos de Susete e foram elas que já foram vendo. Até invadirem a secura da retina. Ela passou a mexer as pálpebras como mariposas. E as palavras viam nela, na medida em que via nas palavras. Até que num repente avistou sombras como árvores, viu homens como sombras. Viu e se espantou quanta claridade assumia, era o dia todo, em golfadas. E alegria vem igual ao amor. Nem podia esconder mais céu. Nem a alegria com o céu. E falou: — Tudo vem precipitado! Palavra vê comigo. Mas a surdeira persistiu mais um pouco. Caindo cigarras e besouros. Soprados pelo tímpano. E talvez seja falta de infância — pensei. Só ela pode educar tortos ouvidos! Por escutar o que procede dos arcanos. E se algo possuía de Destino, já extraviei na visita. A cura haveria de ser completa. E antes a cegueira de Susete não podia enxergar, porque dor não enxerga. Não tem noção de mais nada. Por se desletrar, não viu espírito. Não verá nunca. O espírito não percebe aritmética, nem geografia. Como se o mundo apenas andasse de lado. E antes Susete, reclusa, esquecera muitas coisas, tateando o que pudesse retirá-la da cegueiz, habituando-se ao teto em gruta de universo. Agora via. E se as palavras conseguiram dar-lhe olhos, por que igualmente não produziriam a substituição dos ouvidos? E achei miraculoso o que a dor resistente começava a fazer. Sofre-se, escurecendo, para adiante acordar. Era da infância o som que primeiro Susete escutou, quando lhe cobri de palavra os ouvidos? A dor era uma língua arcaica e ela ouvia. No início, descobriu com certas frases, que não se entendem, inscrições soturnas que agora repercutiam com rumor. Descobriu a surdeira se esvaindo. Como uma venda retirada. E ao ver, quis negar o fato de haver seu filho José morrido. Tão jovial, suave, vigoroso. Mas a morte tem coluna vertebral de terra e não percebe os zumbidos humanos. Enquanto a lembrança se mune de enxame de abelhas. E na memória não existe cegueira. E me abraçou e nem me disse mais palavra alguma, todas estavam nos olhos e se amoitavam, sonoras, nos entreabertos ouvidos. Porque o tempo é inteiro. E nos abraçamos. O tempo é inteiro e até as palavras se enchem de infância para poderem clarear mais cedo.

## 5

Disse que era Destino. Então confesso também a enfermidade. Aquela que vai pelos bojos internos, como vasilha plena de água. Ao buscar a cura da ceguez e da surdeira em Susete Barin, não estaria buscando a minha cura? Sou Destino apenas porque me cabe narrar, mesmo contra a vontade, para que o tempo não cesse, para que a história recomece a acelerar seu motor. Escrevo para que minha mão não enlouqueça e isso é uma maneira de educar a luz. E cada palavra não fica mais sozinha. É como nascem no espaço as lentas constelações. Escrevo entre espaços. Como filhotes que mamam na teta das estrelas. Não, eu não sou enfermo. É o Destino que deseja que eu o seja. E quando me livro dele, livro-me de mim.

## 6

Os sentidos de Susete Barin, com certa sofreguidão, voltaram a funcionar. Porque não há mal que sem saber dure e nem sol que se tape com peneira. E foi quando soltou o mais longo sorriso e a palavra lhe sorria, prazenteira. E duas semanas após, conheceu Alexandre Solof, divorciado, seguro de seu ofício nas velhas químicas, a ponto de ser chamado de "o fabricante de poções", atarracado, cheirando a maçãs, moreno escuro, com experiências anteriores como domador de leão em circo. Valente e astucioso, pertencia a uma família que tinha como antecessor Isaque Solof, apreciado talmudista. Não se sabe por que graça tomara saberes na mistura de líquidos e metais, como a mão gloriosa de seu ancestral no destampar as teias e as aranhas das sagradas leis.

E Susete conheceu Alexandre num lugar que pouco freqüentava: o mercado de fruticultura que prosperara por força de bons negócios e de adubos provindos de Riopampa.

E eu conto tudo, sem acrescentar mais ponto que a linha do Destino, este que vai tecendo aos outros e a mim mesmo, dando apenas a impressão de que sou eu que o rejo. Nada é mais orquestrável do que a sina que tem palavras que vão sendo ouvidas. Aquelas que se metem entre as nossas e é como se nós as escrevêssemos. Vai tudo de alma misturada e feliz. Por que tenho de queixar-me? Felicidade dá cria. E foi num avistar um e outro.

## 7

Destino não vai fora das pisadas. Discuti com ele porque se entorpecera de tanto mandar. — É minha natureza! — refutou. — Por que não abandona um pouco a nós, humanos, ao flutuar do tempo? — O tempo não sabe nadar — duvidei e ele insistiu: — Se não agarro o tempo, ele vai ao fundo... — É que nunca ensinaste o tempo a nadar sozinho. Eu o tuteava, não tinha muitas cerimônias. Para não pôr-me todas as senhorias em cima, como a carga numa mula. E escutei a sua réplica imediata: — Se eu não existisse, não existiria tempo, nem morte. — O que faria tudo feliz — afiancei e ele quis ignorar minhas palavras. — Por que não ensinaste o tempo a nadar? — É porque ele não gosta de ser peso, gosta de ser rio. E faz o que desejo: o que me basta. — E por que não afogaste a morte de uma vez? — Porque ela sabe levitar contra a correnteza. Não adianta. E nem sequer a aprecio como alguns pensam. — Como? — Não lhe tenho apreço. — Amas a felicidade? — Tentei ser ditoso e não consegui! Havia no Destino um ríctus, certo desespero de não poder fugir de algo que o incomodava. — Eu estou também preso! — Como? A quem? Não entendia. — Estou preso a uma sina, que é uma pedra: bem mais forte do que eu. Calei-me e é bom que a felicidade dê cria.

## 8

Susete Barin, agora beirando os cinqüenta, alta, muito magra, cabelos dando flor de pessegueiro e agudíssima. Ela, com olhos azuis de água e aquele aterrado e quase noturno Alexandre, ao se acharem, deram-se em nascença de estrelas nalguma ponta dos olhos. O sorriso imenso e as maçãs do cheiro se impregnaram num interesse mútuo, como de pólens. Cumplicidade talvez atávica, desconhecida. Alexandre a acompanhou e ela não negou centelha. E andando juntos, dessemelhantes, compunham um par pouco convencional. Mas não, não é convencional o Destino. Ainda mais quando vem com vôos de pintassilgos. E era o céu um grande pássaro naquela manhã de junho. O céu não acaba, quando a infância desde o amor, mais rente, se ameiga. Um céu de amor ainda não todo revelado. Não, o céu não se acaba. Pode a canoa fazer um rio? Amor flui e só o adivinha quem o vê passar disfarçado. Depois mãos que não acabam. E por que se acabariam? Os dois se inventam como um rio avança nas margens. O êxtase que vem de muitas coisas, em surdina.

Gostar de estar juntos no aroma atinado de maçãs. Já caíram do pé? Caíram os dois na mesma cama, enlaçados, no quarto da senhorial casa de Susete, com janelões antigos e azuis. Como os seus olhos que corriam de rosto a rosto. Os dois nus e embevecidos. Não sabem quanto tempo transcorrera entre o encontro e aquele instante vertiginoso. Tempo em amor não há. Tempo apenas de um corpo noutro, de alma noutra — as sementes de girassóis explodindo dentro e fora. A lua não tem parceria: só no beijo, na fundura de corpos jubilosos. No sinete, no disparo da constelação de sinos. Riam e gozavam. O que não se sabe, se suspende. E o que não se suspende, já floriu. Amém de sensos e de almas se ajaezando de vento. E vento no amor é Deus?

## 9

A canoa faz o rio. Desvendaram. E o quarto era uma pomba ruflando. E perderam apetite, sono. Eram juntos a pedra filosofal, por acreditarem na evidência de um novo universo. — A evidência é o fogo! — ele disse num trêmulo e amoroso sorriso. — Somos o fogo e a água — ela afirmou. As roupas tremulavam no espaldar da cama e os seios maduros se agrandavam, com as suavíssimas ancas se excitando no delírio. — O delírio é o tempo que de vida extraviamos — sussurrou Alexandre. E quando o repouso os contemplou, não contemplavam mais nada, salvo um ao outro. E quando se despediram, depois do fim de semana, para o trabalho, eram indissolúveis as batidas do coração. A falta recíproca, esta fome, ambos de imaginação já desterrada, lembravam o tempo vivido, ficando Susete toda cheirando a maçãs. A loucura daquelas duas ondas não secava. Como se um seguisse o outro, mesmo longe, num labirinto de prodígios.

Susete achara invulnerável felicidade. E quando se entreteceram, novamente, pelas noites, alçaram-se com tal intimidade que, não diziam, cochichavam: — Amor é um segredo! — Nunca sabíamos disso assim! E depois ele falou, com os olhos muito grandes: — Nós acendemos a luz. E nem Destino sequer duvidava. Como se fosse enganado. E eu me aprazia sempre na melhor forma de confundi-lo. E se compreende porque ignora mais do que sabe. O que nos salva. O amor esconde o amor.

E ao encontrá-los na rua, de mãos dadas e aladas, não vacilei, porque tudo se contava na brisa: — Bem, Susete. Ele te fisgou! — Acidente de percurso. Não previa. — Quem prevê? — indagou ele, perceptivo. — Alegro-me! — murmurei. Peixe não perde água, nem sonho perde amor. Vi que se riram, abismados. — E o casório? — perguntei, curioso. — Vou-me amaridar — frisou Alexandre. — Quando? — Ao natural, no próximo mês. Assinamos não documento. Pactuamos amor num só. — É isso! — ela confirmou. — Amor tem risco! — aventei, consciencioso. — O que não tem risco, pesa. Amor carece de voar. — Lei da gravidade? — brincou Alexandre. — Não! — eu falei. A graça tem leveza. — Mas se amoita na lei. Fui comentando, como se fosse o Destino. E não queria. Amor foge a tudo.

## 10

Resmunguei com minhas palavras. Por me vigiar o Destino. E estávamos os três agora na casa de Susete, tal se andássemos debaixo de grande árvore. Árvore branca com ramos, suas peças. Susete ao mexer as mãos parecia a pata delgada de um cordeiro, com rosto redondo de laranja. Tem forma de lua — pensei. As almas são desiguais, ainda que com os corpos parecidos. E no amor se tornam tão iguais que se mesclam, como água que se depara na amendoeira. E silvava o céu num relógio sem horas. E saí daquela casa pelos fundos, enquanto o sol assobiava senhas, claridezas. E fumegava a sua luz e olhei no campo as boninas, cogumelos. E num certo instante daquele mês, coisas inusitadas começaram a suceder. Um automóvel desceu ladeira abaixo sozinho, sem ninguém. O dia foi escurecendo como se estivesse furado e vazando. E o burro puxando a carroça parou e o verdureiro espantado não conseguia que ela andasse. E só carregava cereais, legumes, plantas. O burro bufava. E ventou muito e muito. Tentava arrastar-me com sua força. Segurei-me no poste de iluminação da praça. O vento não me levara, embora minha alma queira tanto ir com ele. O vento não me levará, até que eu queira. E desconfiei. Somos todos desconfiados e trágicos. Desconfiei que era o Destino com um ímã atraindo coisas. Ou voltando à infância. Voltando, voltando como se uma pedra súbita batesse no chão.

    E ali no solo cavei o círculo e coloquei um metro de palavra ao meio. E o mar levantava-se, altíssimo. E parecia mover-se o chão com pernas ágeis. E me dei conta: o presente é que é fabuloso, o futuro é cego como a terra. Fabuloso é estar vivente e o perigo é não saber. E o que se sabe, já brotou e vai nos antecedendo. E há um contínuo suceder, como se a civilização provocasse sua crise. Com o progresso ou as convulsões. E eu era de um instinto capaz de ultrapassar a imaginação do cotidiano e a memória (sem que a forçasse) do Destino e as percepções secretas que se uniam a vínculos distantes. Não discuti por estratégia. A sina não discute, opera. Com a civilidade de não me desgastar diante das diferenças. Minha função se coaduna com a de quem conta até as vírgulas do amor ou da esperança. Ganhava o salário mais que o suficiente para me prover. Era um revisor com precisão exemplar e beneditina. E, contudo, ninguém mais se comove com a miséria humana do que eu. Reviso textos, colóquios, existências. E avessamente são os sonhos que me revisam. E nesses propósitos, chamou-me atenção o vizinho Perúfio. Como se tivesse um fio de aço atado ao nome. E era Destino. Trouxe-me numa tarde uma limalha. Não havia pedido. Disse-me: — Sonhei que te entregava uma limalha. Pobre! Sonhou com o Destino, o que puxa e puxa e não se cansa de puxar os vivos.

Na rua o encontrei falando palavras sem nexo. Sozinho, rilhando dentes. Tinha a impressão muito nítida de que lhe houvessem puxado a alma. Ou roubado de seu poço toda a água. Ou foi a limalha que o sonhou.

Examino manuscritos prontos, alguns da Prefeitura, outros da própria Governadoria, onde se arquivavam reputações. E vi quanto são efêmeras e sujeitas aos funestos roedores.

Era um casarão o Arquivo, entre alfarrábios, fichários e apodrecidos volumes que guinchavam, de tão habitados por ratos. O tempo é o meu mordomo e eu, o dele. Não resisti ao abrir uma porta que estava vedada aos funcionários, com aldrava de ferro. O mistério me agride e arrombei aquela porta com pertinácia. E temi porque de repente cresci até o elevado teto com um raspão nas idéias. A peça era úmida e mofada, com dois baús enferrujados. A poeira infestava as paredes. E, ao romper os cadeados, só havia uma bússola velha, cadernos amarelentos, com letra quase ilegível. Consegui esforçadamente ler: "Em Assombro nada é fabuloso, de tanto o ser".

Saí dali envergonhado, porque o Destino usara desse ardil para vigiar minha curiosidade. E ela é insondável como a de todos os homens. Se a alma se atiçava como lâmpada, teria precisão de conserto? Logo que me certificara de não haver motivo de pegar alma. Todavia, como pegar palavras pela mão, as mais cálidas ou esbraseadas? Tal ato podia ser mortal. Mas tudo pode. Até o inefável. E não a mim, ao Destino, cogitei. E, apesar de servi-lo, procurava formas atrativas de matá-lo, antes que ele, a mim. Nenhuma questão era convincente, quando todas o eram. E restava ainda de corolário — uma questão de abismo. E então, como em um filme, deparei-me com a cara de meu finado avô — era um ser saltitante e interessado nos assuntos metafísicos e noutros, mais ignotos. Sem falar nos de saia, mais deambulatórios. Chegando à exegese quase matemática do reino das formigas com suas minúsculas aldeias. O que para mim era o mais evasivo de sua consciência. Talvez tivesse descido, qual escafandro, em mergulho à alma das formigas, atrás de um possível protótipo. Ou buscava bacilos de alma?

Arredei-me do Arquivo, com minha sombra indo de um extremo a outro da rua ensolarada. E quem puxa alma, puxa morte. E o pior: os homens não conhecem as coisas, como as coisas conhecem os homens.

## Capítulo Segundo

### 1

Apareceu uma menina em Assombro, sentando no banco da praça, sob uma castanheira. Todos lhe davam de comer e estranhavam o seu aparecimento, como se não tivesse origem conhecida. Sara era o nome bordado no seu colar de lata. Vestia um traje com flores coloridas e atraía a caridade geral. Como órfã ao desamparo.

Tinha os olhos claros e imensos, com 10 a 12 anos, chamando a atenção pelas botinas marrons e as tranças loiras e compridas. Ventre arredondado, orelhas desproporcionais no tamanho, dava a impressão de não conseguir falar. Ao lhe oferecer um jarro de água, pôs os dentes à mostra, como uma clave. Ao lhe fazer sinais com as mãos, achei certo entendimento, quase na timidez. Quando insisti, mordeu-me, rebeldemente, a mão. Foi então que reagi e coloquei uma palavra em contato com seus dentes e ela mordeu a palavra, e aconteceu que principiou a grunhir, depois cochichou um idioma desconexo, bárbaro. Feito de letras entrelaçadas que não se completavam. Tive pena e a encaminhei a um orfanato de Assombro e docilmente me seguiu, com olhos de cão exausto. Albergaram-na. Mas não se adaptava. Após, soube que se negava a comer e não compreendi como podia passar dias e dias de fome. Nesses casos, não sei mais do Destino, por não ter comiseração alguma. E eu possuía. Uma humanidade indescritível pairava sobre aquela criança. E como palavra é pão e leite, resolvi alimentá-la, pondo palavras na boca. E acatou. Com a dentuça sorriu. E assim sobreviveu, até que numa manhã, como tantas, não se soube mais dela. As informações eram contraditórias. A que merece confiança é a de que peregrinou com os artistas de um circo que acampara em Assombro. Coincidindo a marca de lona e o tempo em que sumiu. Talvez a julgassem pela esquisitice e pelas letras guturais, algum espécime raro da fauna do abismo. E é mais uma conjuntura, entre outras.

## 2

Não, não indago mais quem és ou quem sou. O que conheço é de passagem, como os riachos de água em água. Estamos vivos desde o princípio dos tempos e continuamos nascendo como uma raça invencível, pois o solo do homem — haja o que houver — jamais será violado.

As guerras se extinguirão nas guerras e as espécies perpetuarão outras espécies. Como as folhas das árvores. Mesmo que o que escrevi, contando, se enrole noutros papéis, o que vai para a frente já foi para trás. E se os anos capinarem, outra horta se há de formar. Não roubam nada de nunca do que se viveu. Viver é cunhar rastros, a sul ou leste da alma: assim que for pousada. E se alguém chegou ao fundo do fogo, ainda existe o fundo. Aí vem a subida. Rasguei o medo ao meio. Quem tem oceano, por que se preocupa com rios? O tempo só precisa ser alisado. Não, não enxugo esperanças. E foi quando senti que o cargo de escriba e revisor, mais ainda me revisava sem cura. É descortês a sina, desonesta, celerada! E não há insensatez na alegria. Leonardo Carpio, agricultor de terras no sopé de Assombro, que produziam trigos de altivas espigas e num recanto, oliveiras (para o mais casto azeite), enfatizo que Leonardo, apesar de sua portentosa estatura de mais de dois metros, ossudo igual a um monte de corais, possuía a mente (numa cabeça de abóbora e olhos falcoeiros) de menino que nunca cresceu. Nem teve escola. E começou a adoecer, com pontadas no peito, de uma enfermidade com sintomas ignorados pela Medicina. Passaram a brotar pelas unhas dos pés: violetas. Depois noutra fase, as vomitava e nem ele sabia de onde vinham. Salvo se retivesse no organismo, oculto, um campo de violetas. Ora, quando elas se despejavam por sua boca, causava-lhe terrível indigestão. O estômago doía e não havia bula de remédio que o retirasse de tão ingentes males. Num dia frio, geando, deitou na cama grande como ele, sem queixa, expirou, entre violetas, balbuciante, com rebentação no ventrículo esquerdo em flor. E o mais incrível foi que as violetas continuaram a sair agora pelos olhos e a boca, inexoráveis, cobrindo todo o caixão. Quando o povo transportou seu imenso ataúde, com tremor e temor, pressentiram que algo novo estava se desencadeando em Assombro. Com feição de epidemia. Quando sepultaram Leonardo no buraco aberto pelas pás, deram-se conta de que ele ali não era intruso, fazia parte da terra, de forma irretorquível.

Conto isso apalermado. Mais quando vi que a solidão do defunto sofreu um frêmito de estorninhos em bando (ladeavam-lhe a alma acriançada), compondo uma nuvem de pretume, como se advindos de vertentes chuvosas, acionando o céu. E depois, não contentes, sob a tempestade que estrondou numa sementeira de trovões, os estorninhos desenharam um círculo sobre o lugar, onde afundou o corpo de Leonardo, tal se fora pássaro nos arcanos, ou passarinheiro disfarçado. Após, a comitiva de aves virou rumo ao mar. E estorninhos retardatários ainda esvoaçaram uma vez sobre os que andarilhavam de volta aos lares. E não perguntarei a Leonardo, pois já nada responde, nômade nas léguas da morte, o que a vida quer afinal dos viventes. E eu não alcancei explicação, a não ser a de que todos somos sementes de algum inabalável fruto. E agora que narro, há um fazendeiro nas vizinhanças do anterior defunto, guardador de bois e carneiros, que tem o nome de Bento Gonçalvino, sem os olhos gonçalves, e sim, pétreos e sibilinos, cabeça de polida cabaça, sem água de fonte nos pés. Abarricado e de ombros que se enviesam. Caminhava, como se caindo: de perfil. Bento estava sozinho, com uma picareta, entre as raízes do carvalho, pondo num carrinho torrões molhados. Até desenterrar um pacote de plástico com moedas de ouro. Confirmando o boato de que amealhava restos de uma herança do velho pai, que, viúvo, deixara sob a terra, não querendo outra coisa que não pudesse usar na caça e pesca, seus enleios, abandonando os cuidados da gadaria ao capataz Aureliano, negro e robusto, de boa fidúcia. Acampava no bosque e era pai, sim, das estações, bastando-lhe um catre de ferro desbotado para acoitar as noites. Bento Gonçalvino era diferente. Detestando os bancos, amava enterrar e desenterrar a tal porção de ouro, como se achasse consolo em certificar-se da fortuna e do futuro. E foi sobre ele, circunspeto, que também seguiu o numeroso grupo de estorninhos. E sem entender o que a vida queria de nós, que a nada respondeu, nem tampouco a cara assimétrica do Destino, com quem sou reincidente contestador. E é em vão. O fato é que a tal doença das violetas se propagou. Porque em Assombro ontem, pode ser amanhã e hoje, o mesmo dia no passado, por certa anomalia que veio com a sua fundação, este sensível achatamento de todos os tempos num só e também aos implacáveis aconteceres. Contam que isso se originou de uma frustrada tentativa de inventar o tempo, para que se imobilizasse em constante felicidade, sem o remate do ferino sofrimento. Engendrava uma ordem que não trouxesse desvios, adequando o pó ao homem. — E isso era doidice! — falou-me um dos moradores —; e a tal iniciativa não significou nada. Esse inventor malogrado, questionara as crenças e as tradições do povo, criando explicações e perspectivas novas. E ao tocar no tempo, com técnicas pessoalíssimas e com prodigiosa imaginação, intrometendo-se no humano sonho, gerou um precipício que nem os dias mais preenchiam. E assim aconteceram em Assombro coisas tão fabulosas, quanto trágicas, sem que nenhum relógio pudesse regular. Não descobri o nome do tal gênio que se perdeu no labirinto de sua própria invenção. Mas seus danos e benefícios emergiam, inomináveis, cada dia.

## 3

Dizia meu ponderado avô: — Toda a loucura tem seu ponto de apoio! Seria a própria teoria de Arquimedes que, com o ponto de apoio, moveria o mundo, uma veraz loucura? Nem cabia base à teoria da possível felicidade, com a inércia do tempo, como arquitetava o inditoso gênio, que ocasionou tamanha controvérsia na cidade. Foi-lhe nascida num momento de desfaçatez ou de infortúnio nas idéias. Ou a empreitada era tão sublime que não se mede nas circunstâncias, mas entre os atropelos irônicos, ou os mal-entendidos do porvir. Ou o que alguns abordam como felicidade não é o que outros assim a consideram; e nessas variações os astros gravitam e as efemérides humanas giram.

E se a ceguez é bem-aventurança, é preciso que todos fiquem cegos. Qualquer que não o seja, é subversivo à ordem e à estirpe. Ou então ver é uma inquietude que só há de ser acrescida pelos sonhos. As respostas também o Destino não sabe. E se escrevo, talvez se confundam umas e outras e tudo torne a paz de uma inconstância levitante.

Sim, meu avô, toda a loucura tem o seu ponto de apoio, até a enfermidade ou a morte! Pois sem nunca se conhecer a causa, muitas crianças e adultos de Assombro foram surpreendidos com os sintomas da vertiginosa doença das violetas. E essas flores nos prados ou jardins foram imediatamente destruídas. E assim mesmo persistia o mal.

A próxima vítima dessa doença foi Filomena, com um metro e oitenta, marcas de acne no rosto, alguns dentes cariados e óculos ostensivos. Era empregada da farmácia: simpática mais do que bela, cabelo negro e curto. Possuía tatuagem de um caranguejo no braço direito. Amanheceu, soltando violetas pelos olhos, com dor intensa no peito. Depois vomitava e defecava violetas. E começava-lhe uma asma alérgica, acrescentada de tosses e tosses, gotejando violetas. Foi hospitalizada e o processo avançava, com tais flores a sair pela ponta dos pés. Numa semana expirou e estranhamente sua mente era um canteiro de esquecimento. Nenhum traço de pessoa ou coisa distinguia a enfermidade. Demonstrando apresentar alguns sintomas, diversos do anterior defunto, o Leonardo. E os estorninhos também acompanharam, aereamente, o enterro. Mas o que foi surpreendente ocorreu depois do sepultamento, quando lhe foram postas jardas de terra em cima. O corpo inchado voltava para fora, empurrado pelo excesso de violetas. Voltava à tona, como se rompesse a terrena casca, florescente. E não conseguiam enterrá-lo, por mais que cavassem o solo os dois mais experientes coveiros. Alguma calamitosa mudança estava se dando nos subterrâneos, sem que vislumbrássemos os fatores ou a medida do desastre. Ou a terra havia perdido a sua profética e infindável maternidade?

Somente a enterraram, após juntarem sobre a finada um monte de pedras, com a cova bem mais funda. E viram sobre um arbusto olhando fixamente um estorninho remanescente. Alçando vôo a seguir e desaparecendo entre árvores. Enquanto isso o apito do trem atravessou a cidade com seus vagões gritando fumaça. Paralela à via férrea, a estrada de automóveis rumorejava, à beira de residências com tijolos à mostra. Na medida em que o estorninho reaparecia, pincelando o ar, calçadas se sombreavam de palmeiras. E desceu do trem, entre outros passageiros, na estação cor de telha, uma mulher de tez cerzida, como um pano lívido, que rasgou o rolo de fumaça, vestida de preto, transpondo ruas e ruas, com um feixe de lírios e boninas na mão. Tardiamente se dirigiu à campa de Filomena, acabado o féretro. Com a cabeça comprida, o nariz adunco e olhos entrecerrados, tendo o negrume das vestes a se contrapor ao sol murchando. E diante do autoritário coveiro, aproximou-se rápida ao túmulo, movendo a testa, chorando. E assim deitou o feixe silvestre e se ouviu a exclamação dorida: — Minha filha! E essa verdade não cabia na tarde, embora pudesse conter-se no polegar ou na palma da mão. E Destino não tem vara nem roda: tem pedra, dureza de pedra que cai sobre o ramo da árvore e o fruto tomba. E essa mãe sequer sabe por que caiu. E era "domingo nas claras orelhas de meu burro" — dizia Vallejo. E parafraseando o poeta: aquela mãe chorava nas orelhas da dor, porque a filha se desvanecera em tempo curto e ela ficara velha, velha no seu. A filha morreu de eternidade e a mãe a está velando. Contudo, teria havido alguma alma ali?

## 4

A enfermidade das violetas alarmou o povo, ao atacar Bento Gonçalvino. Dizem que no instante em que tocava no ouro escondido junto ao carvalho, após haver expulso com os cachorros uma raposa que se enfurnara no celeiro. Não acredito totalmente no que me foi noticiado, embora a sina que me sussurra, amiudadas vezes, não o tenha desmentido, porque essa mudez não cessa de falar. E a verdade é que Bento Gonçalvino ganhou escureza nas mãos. Das unhas saíram raminhos de violetas. E passaram a saltar das suas narinas, que assim mais se entupiam. E foi sufocado. Durou um relâmpago negro de tempo. E ocupou outro relâmpago na terra, sem ouro, com poucos acompanhantes. Essa vez o solo não o expulsou, porque já o sepultaram entre pedras, como um afogado com peso para chegar a fundo do rio. E os estorninhos em nuvem pousaram. Essa calamidade parecia natural como se Assombro ressonasse dormindo e sonhasse violetas. E todos principiaram a esquecer coisas, fatos, memórias, bens, relógios, anéis, roupas. Outros, os homens, esqueciam-se de barbear-se e carregavam musgosos rostos, como os anciãos ou profetas do *Velho Testamento*.

Essa doença que foi também envelhecendo até o céu nem lograva mais sequer perturbar. Pois a morte cria naturalidades e as naturalidades se enchem de morte, como se algo por defeito vazasse das esferas celestes.

E é penoso um vivo compreender os mortos, tal se os mortos compreendessem os vivos. Mas há um limite, uma parede cristalina.

Não sei se há segurança alguma de ter vivido; porque viver é instável, morrer tem constância. O significado das coisas não vem da posição em que se esteja, penso do que pensamos delas. Quem não se arrisca é porque não viveu.

Sei que sou da raça dos perseverantes e não cuido, por ora, de achar alma em nada, como nem na noite há que avistá-la entre as estrelas. Nem me vem às idéias que a via-láctea com seu alumioso cortejo contivesse alma.

## 5.

Eu, revisor, atolado nas letras e páginas, nada disso me serve, por ser tudo sombra de sombra. E memorizei outra sentença do solarento avô, que edificou de afeto minha infância: — As coisas não seriam suas sombras?

E entre todos, para evitar o contágio dessa doença de violetas, os que a tivessem, deveriam gritar como em Israel, os leprosos: "Saiam, saiam de perto!"

E os médicos da cidade se congregaram para descobrir o que engendrava tal epidemia, a sua florescente engrenagem. Como se partisse um elo do universo, ou se desvairasse em corrosivo pólen esses dramáticos eventos. Porque a enfermidade vinha do ar e penetrava pela boca ou nas narinas. Essa foi, aliás, a generalizada percepção dos médicos. E por um período, todos passaram a usar lenços, vedando o nariz e os lábios. E houve um lapso, um suspeitoso lapso, cessando depois, como se nada tivesse havido.

## Capítulo Terceiro

### 1

Em noite de irada invernia, Josué Alverno, monge agostiniano, já ancião, freqüentador assíduo da Biblioteca do Mosteiro, a mais completa da região, ao alinhar palavras, retificando certos erros gráficos num vetusto manuscrito, bateu com a mão numa barata que ali corria e pelo som, "tac", resolveu escrever à parte o vocábulo que representava esse ruído. Num lance de intuição. E dali passou a misturá-lo com outras letras e reparou que a fala era a coisa e o nome assim a designava. E lhe adveio ser essa a melhor criação contra o olvido. E na proporção que os vocábulos se faziam lembrar, atinou ser o remédio para curar o povo das seqüelas da tal doença das violetas, fruto ambíguo do pior esquecimento: o que emanava de uma natureza virulenta para um *ego* que não tinha mais identidade. Assim se formou um idioma sobre outro. O que um esquecia, o outro ia lembrando, até nunca mais esquecer. Cada vocábulo é o ruído e desenho: a própria realidade imaginada.

E desde o "tac", simbolizando o rumor da batida, até "tac" ser *a barata morta,* seguiu um trâmite de significações. Tudo sendo substituível por palavra. E a partir disso, *fluir é* o deslizar do líquido; *tambor,* o instrumento musical; *mágoa,* a fusão de dor e água; *penumbra,* transitar pela sombra. Cada palavra olvidada era substituída pelo barulho, com a imagem vista ou recordada. Como um espelho diante da correnteza, a língua. E tendo a língua, eternidade no sopro, isso se dá em perpétua lembrança. Cada palavra *fogo* se apagava com a palavra *água;* cada palavra *aragem,* destruía o vocábulo *medo.*

E o monge começou a perceber que a palavra tinha *tempo* e assim ele era recuperado e não havia mais flutuações no sonho. Apenas o vocábulo proibido, jamais aludível, abolido de toda a escrita: a palavra "violeta", sumindo a existência da cor, flor e aroma do mesmo nome. Para que nunca emergisse das cinzas. Não era uma arqueologia do inconsciente, através de ruídos significando coisas. E as palavras e outros sinais se acham no empenho, quando o jogo associativo se estabeleceu e então é reproduzível. O que nada mais é do que seu processo físico que cerze os pontos que faltam à comunicação. Assim foi o processo da memória com que frei Josué Alverno desencadeou, ao abater a inocente barata sobre o papel. Apalpou na escrita com o corpo, o que pensava. Com o ritmo que reboa e intensifica o que está sendo vibrado ou dito. Já que as imagens brotaram diante dele, como coisas com a expressão correspondente. Imagem é coisa e coisa, palavra. Sim, a barata abatida, num só golpe, em letras, mergulhantes e desenhadas, ajudou a abater o esquecimento que planava pela mente de Assombro, como revoantes aves. Por haver gerado um sistema de sons e desse, um de vocábulos, restaurando a memória, a única que pode, ao ser anunciada, desfazer o olvido. Depois os sons e vocábulos tomarão a forma de poemas e os poetas integrarão a memória universal. E cada vez que um poema é recitado ou lido no silêncio, a memória da memória vai sendo salva de todas as pragas, até das que tomam natureza de flores, e do brutal envilecimento, caso caia entre bárbaros.

Sim, o povo, aos poucos, se foi educando de infância. Por ser palavra a infância inteira, a que não foi estremecida por deslizes na esperança. Pois na palavra se atravessa as idades, nela está o gênio do universo e o universo do gênio.

## 2

Conto o que o Destino não entendeu, nem sabe. A morte parara e cada dia era reconquistado. E noticiam alguns que o infortúnio sofreu insolação. E outros, mais curiosos, propagaram o informe de que muitos peixes foram escapando do mar e se metiam nas árvores ou passeavam de mãos dadas com severos cidadãos pelas ruas da cidade. Alguns eram de família monárquica e as escamas andantes estalavam de felicidade. Entre os curiosos que assistiram tal fenômeno, o primeiro foi Mirandinha, um menino que, guiando sua bicicleta, diante dessa visão quase se descontrolou. E, ao falar ao pai, não teve crédito. Depois foi o aposentado e vetusto búlgaro Yordan Raditchkov, que recebeu a alcunha de "Tenetz", dedicado às investigações de botânica e de ictiologia, em conta própria. O fato é que jamais se presenciou, a seguir, qualquer bando de estorninhos, por terem sido dizimados pelos peixes que se tornaram voadores. Porque a natureza dos seres em Assombro assumira metamorfoses, com certeza, estranhas. Como a de árvores caminharem com os pés das sementes ou a descoberta de os ruflantes peixes haverem devorado os estorninhos e o seu adverso presságio. Talvez porque os peixes, por respirarem na água, acharam-se capazes e livres para respirar o ar. Como se trocassem de hábitos, alguns até trotam tais mínimos potros no bosque. Sendo as nadadeiras, patas. Outros, os mais audaciosos, imitaram os répteis, do que adveio visão nada beatífica, tomados por jacarés. Além disso, soube que esses anfíbios, quanto mais peixes, ainda mais se locomoviam no espaço. Não se adaptando a existir no seu meio natural.

E pode bem ser um desejo secreto dos peixes, quando também se nutrem de palavras. Ou talvez tenham sido apressados pelos sonhos que têm a leveza de águas no altear das marés. Ou havendo se acasalado nas marés do ar, comecem a ser o sonho das árvores ou da terra. E não seriam tais peixes, por sua vez, também um sonho das palavras?

### 3

O mundo é cheio de coisas que não sabemos. Nem carece ir longe. Basta entrar um pouco que seja no que meu avô amava: as formigas. Não temos o nome de nenhuma delas, pois devem ser designadas na artéria vida do formigueiro. Quanto mais dos vaga-lumes, ou das vespas, ou das aves, ou do arsenal botânico. Nós nos rodeamos de imprecisões e nem por isso nos molestamos. E me indago o que conhecemos a respeito, por exemplo, da história natural dos sonhos, sua fauna e flora. E nem temos a consciência de quanto nos sorvem ou enriquecem. E como tratei disso, nunca logrei discernir de como Reinaldo Itamonte, boêmio e cantador de milongas nos bares, acostumou-se a caçar sonhos alheios, com anzol de palavras. Alardeando depois certas intimidades postas ao riso dos companheiros ébrios. Ou então desvendando segredos, colocava-os fora sem serventia alguma, salvo quando lhe eram úteis. E afinal não passava essa conduta caçadora de um malefício. E quem com sonho fere, com sonho será ferido. E assim foi. Quando caminhava distraído na calçada, junto à praça, vitimou-o uma bala perdida, que podia ter sido, quem sabe, disparado sonho que escapuliu das esferas sortílegas de um sonhador. E quando foi enterrado, sua boca estava repleta de sonhos como formigas, assim penetrando a cova que, infelizmente, não era a dos sonhos de uma morte muito velha.

E, aqui, entre as imprecisões do Destino, coloco Libório Cavalcanti. Esse teve muitas possibilidades de ser bom e a todas evitou. Menino ainda, foi presenteado com vários cães e todos eles desapareceram. Tinha impulso assassino, habituando-se aos lugares mais anti-sociais. Apesar de bem apessoado, elegante, falador, todas as garotas terminavam o relacionamento com ele, ou pela violência, ou pela ofensa. Apenas a sua mãe o tolerava. E de tanto trocar palavras no vazio, trocou palavras com a morte e ela se afeiçoou a ele. Pensava que existia além, metros adiante e andava sempre para trás. E um dia foi nadar no oceano e sumiu nas ondas. Sumiu e nem o Destino justificou — e nunca justifica nada. Talvez apenas sua mãe recorde o fato de ter ele vivido. E tinha nele um ódio muito, muito velho.

## 4

Por tantos passados e sofridos deduzi que a natureza só se encanta de natureza. E risquei o chão com o círculo e a palavra soprei no meio, fui soprando. E a terra tremeu. Como se tocasse o firmamento e saudei o poder da palavra sobre todos os males e aflições. Depois pensei, contencioso: — A palavra é eterna, porém às vezes toma forma de tempo. Mas não queria mais nada transitório e tudo eterno. E vi que era coisa de alma, não deste meu despojo da carne. E raciocinei: — O tempo não é redondo. O tempo vai e não volta. Redonda é a alma.

E continuei o meu trabalho de revisar letras e signos do Destino, que nada mais tem do que flamante inteligência em ebulição. Até o delírio. E num zum, como em voragem, na janela, apareceu uma bota de gaivotas rumo ao mar. Em romaria de nuvens. E saí para fora. Em duas ruas centrais regurgitava o bulício de uma feira, com cartazes e arautos de mercadorias, por entre a clientela, com tendas de queijos, carnes, salames, verduras. E de banda, bem povoada, uma de camarões, polvos e caranguejos. E estranhamente os peixes ali não estavam, tal se houvessem mudado de hierarquia. E como referi, para muitos, esses peixes principiaram a ser humanos e para outros, seres avoantes. E distraído e um tanto alarmado,

passeando pelas tardes, em espairecer andejo, bati de encontro
a uma estaca que se quebrou, desculpando-me, até propondo
a pagar pelo dano. O proprietário mal encarado nada disse.
Nem eu. E fui ganhando sumiço na estrada sem ver para onde
a alma me conduzia. E ela era igual à agulha de uma bússola
que se desloca. E ao ventar, e ventou fortemente, nem vento
pegava alma, ou talvez nela se transmudasse. E eu a carregava,
ou ela a mim, com a sina pesarosa às costas.

## 5

Ao chegar na universidade, divisei professores e alunos em
algazarra, discutindo, alguns em alta voz, a aventura vocabu-
lar do frei Josué Alverno e os efeitos na memória, que já se
acordava de maiores imaginações entre todos. Pois um simples movimento de invenção pode criar marés montantes de
conhecimentos ou sonhos. E é bom que assim seja, para que
a civilização desperte ou deixe de lado certo sonambulismo
acrobático, ou a vocação de trilhar os esticados fios, às vezes,
das mais desavisadas doutrinas. Onde não havia culpado, só
cúmplices e vítimas. E ser humano seria o esmagar de uma
barata sorrateira ou a picada de insidioso inseto?

## 6

— Sou intrometido ! — dirá alguém nas conversas da elite.
"Mas é o povo que faz a elite" — observava insigne mestre
filosófico, Eduardo de Rosigni, pequeno, magrela, macilento

e com a cabeça grande, à feição de Kant, sem a sua genialidade, que as pernas mal suportavam. E talvez seja ele o debate auspicioso entre as pernas e a cabeça, não querendo essas carregarem àquela, por demais pesada. E quanto à genialidade, não era medida com a do alemão famoso, de rara e secular amplitude.

É de reparar, contudo, que sua teoria — não falo da de Kant, mas de Rosigni — faz-se perceptível, na proporção em que também é o povo que faz a língua, os costumes e, muitas vezes, aciona a penúria.

Não, não cheguei ainda a mencionar o governante de Assombro, homem simples, morando em bairro modesto. Tinha descendência árabe: Saari Zuridon. Regia os assuntos da comunidade com olhar sereno, acolhendo nas audiências públicas ricos e pobres. E era considerado Mestre, cercado de discípulos. Sua pregação atinha-se no "caminho". Atingindo um estágio de experiência, com a divina palavra, a que se dignifica quanto mais se revela. E ouvi dele, quando um aluno o louvou: — O crédito é apenas de Deus. E quando alguém superestimava o poder do intelecto, refutou de imediato: — Não se pode exagerar o limite da mente. — Alguns a acham ilimitada — observou um dos presentes. — Enganou-se! — cortou, com voz atenciosa. O sentido da fé não é o da inteligência. Concluindo: — Se a isso não aprenderam ainda os meus discípulos, é porque errei nalgum passo do "caminho". E então ponderei, cuidadoso: — As pessoas carecem de rumo. São por demais desamparadas. E ele: — Alguns no senso dessa realidade, que "o caminho" entremostra — podem salvar todo o povo. Se era profética ou não tal frase, o tempo decidiria.

Ora, Saari julgava o poder assimétrico, o que demonstra variações de condutas. E por optar pela democracia que, para ele, era quanto mais forte, quanto mais organizada.

— Luta-se — confessou-me — no governo pela transparência e integridade contra esse vírus chamado "interesse econômico de grupos privilegiados". — Isso é um problema de todas as nações — respondi — por advir da avidez que se esconde nos homens.

Balançou a cabeça, anuindo. E completou: — A vida não está imune às provações. Despedi-me, calado. Muitos o aguardavam no salão do palácio, tendo no pórtico uma estátua de esfinge dourada. E a esfinge não é Destino? E eu tropecei no Destino (ou teria me dado um calço?), ao descer a vasta escadaria. Segurei-me no corrimão. E eu era mais do que seu amanuense, adivinhava seus desfechos. Ou eles me adivinhavam. Não importa. Ele "embaralha as cartas e nós jogamos" — dizia Schopenhauer, filósofo pouco dado ao convívio humano e eu não. Suporto a cólica do Destino. E descendo, sim, sobrevivente, a tal escadaria, recordei uma das sentenças daquele prudente governante, e já estava longe da esfinge dourada: — Não se pode amenizar a aspereza do "caminho" com frases doces. Ele apenas é atingido pelos ousados! E mais me arredei, confiante de que não era com ele o refrão: "Afastemo-nos dos governos, antes que nos corrompam". E depois me pousou nas idéias: Os governos são para o povo, não o povo para os governos. E a sutil vespa governista se afugentou, como outras tantas de nossa vil comédia burocrática. E vi o barril da loucura que embriagava novos e velhos, era o mercado de aromas, junto a um casarão amarelo. Compravam armas de vários calibres, balas. Na vitrina jazia uma metralhadora giratória cromada. E não passava de um mercado sórdido de almas. Porque o mal se depositava, ali. E o que podia acontecer se alojava, estrategicamente, no futuro. Como num molusco. Arredei-me. As guerras ou contendas apenas armazenam mortos — cogitei. Serviam, porém, ao Destino, a quem, contra a vontade, às vezes servia. E tive de repente a impressão de que o mundo podia ser criado novamente. E fora induzido por uma assertiva de meu falecido avô, que tamborilava no telhado de minha cabeça, ao afirmar: — Recriar o mundo é tarefa demasiada, até para Deus, exausto dos erros humanos. E no peito da praça deparei com o meu velho conhecido Ibrahim, com a alcunha de "O Generoso". Era mágico famoso e respeitável, capaz de realizar fatos miraculosos que pareciam advir da causa natural das coisas. E olhava obsessivamente para mim, como se me hipnotizasse. Sabia ele acaso que eu era escriba e revisor do Destino? — Aonde vais? — indagou-me e reparei que tinha muitos olhos. Depois, ao fixarem-me, suportei. — Vou para onde ainda não sei — respondi. O que sabemos? Apenas tenho que ir. O fim é o começo. — Trago-te algo maravilhoso e muito te agradará — afirmou, com fidúcias. Conhecera-me num momento em que o salvei da morte. Inimigos o queriam apedrejar e me coloquei entre eles e o agredido. — Já me fizeste bem! — lembrou. Mesmo que a vida seja de fios que se mesclam, o bem é luminoso. — Fiz o que devia — repliquei, com sincera modéstia. E perguntei-lhe: — O que é a tal coisa maravilhosa que vens me oferecer? — O que não vem da consciência, vem do milagre — e os olhos de Ibrahim cintilaram. — O que falaste? — Dou-te o dom de ficares livre. E muito tempo não me resta. — Como ficarei livre? —

Sim, ficarias livre e conhecerias o imponderável. — Dize-me logo, então! — Ao aceitares o anel que te dou! — Anel? — Sim. Poderá te tornar invisível. Basta que acredites — é o fundamental. O mágico só vige com a fé. — Acredito. — E há nele uma sentença em dois casos: se o perderes ou revelares a quem acreditar. Perdes a vida. Disparava perto um riacho que chilreava, além das árvores de amena sombra, no fundo da praça. — Que anel é este? — Aceita ou não. Há um mistério maior que eu. — Como hei de usá-lo? — Com a palavra, que é o anel oculto. E meu coração pulsava com impaciência. A que o velho Machado afirmava fazer crescer os minutos. E tive uma visão, nesse voluptuoso ínterim. Não crescia nos sonhos, crescia para fora dos meus sonhos e chegava a uma antigravidade que tinha ouvidos e era livre, depois chegava mais alto, aos vastos olhos de Deus. E fui despertado da visão, com esta ordem: — Toma-o agora, ou não! A oportunidade não se repetirá. Como o sol não bate da mesma forma duas vezes no mesmo muro. — Nem o muro é o mesmo quando bate sol. E peguei, guardando-o cautelosamente no bolso do jaleco abotoado que estava vestindo. E agradeci e o abracei. Seria alguma dádiva do Destino? E se os pássaros voltavam do céu, por que não ir com os pássaros?

## Capítulo Quarto

### 1

No dia seguinte, ao ver-me sem ninguém próximo, com o testemunho apenas de um vento frio, coloquei no dedo o anel e falei a palavra, apoderando-se de mim uma invisibilidade desconhecida — por jamais pensar que existisse, embora tivesse aprendido a crer no impossível. E veio-me uma velocidade capaz de levitar sobre os álamos e o mar. E prendia vento na boca, como rédea, domava os socavões do ar e as malandrices da brisa, chegando às cartilagens celestiais da noite. A ambição e a paixão de poder se embaciavam nas minhas pupilas. Ali, sim, escapulia do Destino ou era ele que me contemplava, lá da estrela d´alva, ou do pingar do orvalho? E era como se algo mais forte me empurrasse para cima, ou se não controlasse para baixo. E sugava o sumo dos pólens, absorvia esse inominado e impalpável destilar da palavra, e era o gênio do universo. E visionei as ruivas pestanas do poente, que avultavam primeiro e só nasciam depois. E bradei, contente: — Inexistem limites, quando se é livre. E desbordava-me tal felicidade que já era alma ou vindoura essência do amor, porque o corpo com seu peso e sua brevidade desaparecera. Pegara alma naquele invento de voar e voar. Até o indizível e eu que jamais me debruçara nesse precipício tão voraz, agora o provocava. E o lume se acende muito além de ser insuflado, quando já se é o próprio lume. Não estava nas coisas, eu era as coisas. E sentia a sedução das brancas labaredas do invisível. E eu ia a covos de ar, onde ninguém houvera antes penetrado ou depois saído. E eu me exibia em punhados de vôos. Nem pulsava mais matéria adoecida. E era como se tivesse olhos de dentro, podendo mirar os sonhos e eles me mirassem. E percebi as pétalas da aurora e suas chamas vermelhas e alvas e fiquei todo encoberto dela e era humano ou divino — não sabia. E borbulhava uma espuma de azuis no calcanhar da noite. E vi as estrelas aumentarem, tal se uma gravata delas me fosse posta ao pescoço. E os passarinhos me espiavam, alvissareiros. E ao bom entendedor, um só clarear já basta. E os tais peixes voadores me circundavam, de testas erguidas, quase soberbas, mas não ousaram muito se aproximar do tal espantoso humano, que eu era para eles, já que nas alturas tudo se faz visível e imprevisto. E estranhos eram os seus pios, pois não gorjeavam. E me fui para mais longe e ali tudo navegava, desfechado. E me sentia um fabulista de histórias jamais findas, sem precisão de personagens, como se um livro de gravuras fosse de infinitas páginas, enquanto estremeciam ondas por debaixo de mim, sem nenhuma margem. Nem havia ali mais acaso, pois na medida em que me alçava, o espaço se ordenava. E nem intentei alfabetizar qualquer réstia de sofrimento, por inexistir outro alfabeto, salvo o das constelações. Nem carecia de andar mais de costas na vida. A paz crescia da casca do vento e o vento crescia da casca das nebulosas. O que não entendia, eu inventava sabendo. E podia parar quieto, tal se boiasse de costas. Nem cansaço me tangera porque planar era mais fácil do que entender. Ou já era entendendo, em avulsão de sapiências aéreas que nem desconfiavam de assim ser. Como se ali vingassem as flores do paraíso. E me tornara avisado de espaços que ainda não estavam terminados. E atravessava aquela essência que não precisava de ser rio. E no cutuco do ar não sentia mais fome ou sede. E de tanto gosto de voar, não desejava mais descer. E sonhar não fazia cegueira — como certa vez meu avô me disse — era abundância de ver. Porque sonhava e estava aceso, lúcido, intenso, distante do que o bardo inglês afirmava ser a vida, ou seja, um relato feito por idiota, cheio de fúria, significando nada. Agora no espaço era outra lei e tudo passava a significar, ainda que sem escrita alguma. E com cara de idiota se me afigurava a lua, com cílios abobados em torno, fitando tão amarela o vazio.

Sim, a alma me pegava pela mão — o que é mais crível — ou eu pegava pela mão a alma. Não interessava raciocínio, interessava a leveza que me ia cercando como na gávea de um balão imperceptível e tantas vezes absoluto. Pois voar é tocar o absoluto.

E apreciava rostos, às vezes suaves, belos, outras vezes, solenes, ou a gravidade e temor, quando dei entrada no mais raso, numa sessão do tribunal, diante do juiz e o réu

— ah, por que ainda me inquietavam essas coisas humanas, se habitava o fulgor? Via naquela sala de escassa luz os integrantes de um mesmo enredo da justiça, ou quando a fortuna se assalariava de meneios e frases reboantes. Penetrei, após, na câmara do poder legislativo que mais legislava em causa própria, do que do povo, embora alguns seriamente defendam, ao candidatar-se, o contrário. E escutei um deputado troante como Júpiter, com dedo em riste, adaptando emendas encomendadas por industrioso magnata. O auditório vozeava como um coro grego. E até sentei sem que me vissem, numa cadeira sem dono. Depois rumei pelos restaurantes e bares da cidade. E num desses, sorria um cantador, à noite, depois de dedilhar sua guitarra e as conversas quase o abafavam. Passei por um cão rafeiro na rua e ele me farejou, latindo. Acarinhei seu pêlo e não resistiu. Os animais resistem menos do que os homens ao afeto. Ao amanhecer, vi o entregador de jornais transitando de bicicleta e errar o alvo, caindo o jornal aquém do portão. Ajudei-o, confesso. E me dera incomensurável lástima, comiseração das diárias falhas. E dos mais pobres que circundavam a cidade, como uma coroa malévola, deixando, ali, pães que sobravam nas cestas da implume padaria. E Alencastro, o bonacheirão padeiro, parecia consentir. Agora, sim, o Destino não me transportava e eu transportava o Destino, até que certa dor pela miséria dos homens me avariasse. E senti saudade imperiosa de voltar a ser o revisor — ó alma inexplicável que nos forra e atiça! E voltei ao lugar de sempre. Bastou-me murmurar a palavra e guardar no bolso o anel. E fiquei concreto, palpável, pesado, impecavelmente humano.

## 2

Voltei à leitura insaciável dos manuscritos e devia ler o possível, para que minha vista não encurtasse, pois o conhecimento, mais do que a fonte, é pedreira. E examinava as proverbiais crônicas legislativas e algumas forenses. Não aguçando mais a vantagem dos mortos sobre os vivos, por sofrerem ou transitarem lapsos de gozo ou penúria. E ia variando as instâncias de protagonistas caóticos ou translúcidos, corrigindo grafias desalinhadas ou me abeberando nos arcaísmos. Se estivesse morto, nada me afiguraria tão inverossímil, sobretudo, como os boatos supriam os acontecimentos, entre meus irmãos humanos. E mais do que reviso, assisto a frouxidão da lei, o império de uma justiça que se retarda, medrosa ou ineficiente, com entraves causados aos inocentes e honestos. Nada sabemos de nossos contornos? Ou são eles que sabem de nós.

"Estar preso não é essa a questão. A coisa é não entregar-se" — escreveu o turco e universal, Nazim Hikmet, meu poeta predileto. Porém, vou além, porque tenho o anel do invisível e a sua palavra: ser livre é a questão e jamais entregar-se. Salvo aos sonhos e à grandeza que nos assume, ainda que seja devagar.

## 3

Segredou-me o Destino, este sósia impenitente, que estou dando voltas nos mesmos temas. Concordo, em parte. Por ser ele que age em círculo e tenho apenas que espelhá-lo. Todavia, há uma peça fixa que não gira nunca. Não a nomeei ainda. Nomear é trazer à tona e à vista, o que pode ser belicoso.

— És muito inteligente! — o Destino brandiu-me. — Por quê? — Porque te escondes, aparecendo. — De que falas? — De mil coisas. — Quem não age com cuidado, cai no caminho — repliquei. E o Destino zombou. Zombará sempre. E retrucou: — Sabes a idéia que tive? — Como ter idéia do que pensa Destino, somente adivinho. — Como? — Por força de hábito. Como certos companheiros, que, de tanto vagarem juntos, passam a conhecer-se! — Saíste bem. É a tal inteligência que admiro. — Eu não me admiro, não me agrada saber tanto da vida alheia! — Ao saberes da tua, sabes muito da dos demais, os humanos não apreciam a invenção, apreciam os hábitos. — E tens algo que eles não possuem... Então calei, mudei de razão e assunto. E podemos, nós os vivos, sonhar. Pois quando se sonha, o sono é a arca que arrebenta a pá. Dizem que ao florescerem os pessegueiros, as tartarugas acordam. Eu sou o pessegueiro que há de acordar as tartarugas de novas e secretas letras. A escrita sabe porque sonhou antes nos dormidos músculos da mão. E a mão então é poderosa. E astucioso o Destino me interrompeu: — Todos acham que tenho mão, nunca tive! — Todavia, não careces de ninguém para coisa alguma — respondi. De súbito, deu ganas de mandar às favas, o Destino. E me contive. Não sou amansador de potros ou de tempestades. E o mundo é bem mais ocultado e largo do que Destino alcança.

## 4

Sou prático e raramente me irrito. Contemplo. E o juízo nunca é para fora, é bem para dentro. Nas raízes da semente.

E aspira-se muito do que não nos alcança. E isso já falei ao Destino e não quis me ouvir. E ele briga nos seus desertos e não tuge. E foi quando, invisível, me deparei com os peixes voadores, de que escutara boatos. E ao saber desses alados peregrinos, dei-me conta da precisão de também pregar a eles, como previu o Pe. Antônio Vieira, de altas memorianças em Assombro. Com o intuito de civilizá-los por advirem de profundezas selvagens, para que possam coabitar com os homens. Ou suprimir antigas desavenças. Embora julgue cada vez mais ser imperativo civilizar os homens, para que não os lancem aos baldes, ou tentem fisgá-los, como antes. Depois faz-se necessário conscientizar aos peixes de que são cristãos e romeiros para alguma Jerusalém do ar, já que o são, sem o adivinharem, símbolos inefáveis da primeva comunidade das catacumbas, quando perseguida pelos imperadores romanos, alguns crudelíssimos. E a razão dos homens já não teria chegado a esses peixes que transcenderam de inteligência a espécie, capazes também de andarem como bípedes, ou se alarem ou se fingirem quadrúpedes, com o indispensável cantil de água às costas. E não se deixam ornar de vaidades e contam — os que os viram — que são lépidos e ágeis. E só não falam por certa desconfiança inserida nos andaimes de sua anfíbia origem. Nem decanto os que se transformaram em pássaros, montados na testa das amoreiras e álamos. Ou querendo, ambiciosos, montar no céu em nado, azulados e fluviais. Guardando, segundo soube, mais fraternidade do que os ferozes homens. É verdade que o Destino vai em desacordo comigo, mas o fabuloso é o que já está acontecendo. E não se esperará muito para acontecer de novo, salvo se por gestação do tempo rebentar vindouramente em flor.

# 5

Quando saí de minha casa num bairro, onde dormia, perto de livros com que me afeiçoara, era às vezes tão grande que a cabeça tocava no teto, como um coelho em nicho de elevado rochedo. Ou ao sonhar, a casa não me continha. Ao sair de casa para a rua, talvez de tanto pensar nos alados peixes, vi um deles pousado no cinamomo, na vizinhança. E falei que não queria assustá-lo, nem faria mal e ele viu palavras na minha mão e se acalmou. E perguntei seu nome, porque para mim tudo no universo possuía nome, bastava descobrir. — Lucrécio! — disse. E imaginei dirigir-me ao poeta latino e a um peixe de faiscantes barbatanas e matreiros olhos. E trocávamos sinais. E cumprimentei-o delicadamente, pois tinha senhorias: — Prazer de conhecê-lo! — Também! — sussurrou. E mencionei que me chamava Jonas Assombro. E ele parecia ter coração de gente, enquanto o meu estava entendido e crescendo. E ele: — Sou de paz e creio que podemos ser bons amigos. — Por quê? — assenti. E então desceu para o espaldar do banco, onde me assentara, como se não tivéssemos mais idade alguma. E indaguei: — Aprecias esta experiência de voar? — Gosto bem mais do que antes quando apenas nadava. — O que mudou? — Descobri que agora posso nadar de ar. — E isso é uma superação! — balbuciei. — Sim, ampliei a minha capacidade. E isso descontentou alguns companheiros peixes que não conseguiram. — É natural! Nem sempre somos unânimes. — Unânimes, o que significa? Até então compreendera tudo e eu talvez sendo muito erudito com um peixe, expliquei: — Concordância geral. — É, isso não existe. Porque há também peixes que imitam os répteis e outros que cavalgam na terra. E acrescentou: — Conhecemos mal os humanos e nem eles nos conhecem mais a fundo. — É verdade! — Mas pode haver um progresso entre nós — aventou. E eu lhe disse que já podia contar com minha amizade. Mas que se cuidasse. — Por quê? — Lucrécio, nem todos são felizes. Ele se espantou de tanto o ser. E se despediu, cortesmente, ganhando espaço.

## 6

Avaliando esse furtivo encontro, lembrei-me "do abismo entre o espírito e o coração" que o Mestre Machado alertava. E o peixe se elevara como doce espírito do vento e o meu coração se agitava, estralando igual a um graveto que é pisado.

Não conversara com um peixe para tê-lo em anzol. Mas vendo-o liberto. E nem me bateu falso o entendimento viável entre os vivos, de todas as espécies. E o homem é tão solitário que não sabe deixar de sê-lo? Carece de ter sempre uma bondade adiante. Sem o ferrão. Pensando de viver mais fácil, sem desmanchar sal de alegria. E não havia nada em mim que tivesse vento galopando. — E é meu elemento! — bradei para a primeira árvore que tartamudeava, arrastando galhos.

## Capítulo Quinto

**1**

De repente dei-me conta de que minha alma choramingava, como se a levasse num balaio. E deixei os peixes aos peixes, sem esquecer meu amigo Lucrécio, quando o céu se adernava de bruços igual a um cachorro. E o céu repuxa o ganido, como eu aos passos.

    E eu sempre estou achando que acontecerão coisas por trás de outras. Ou com a impressão de ir o mundo de costas. E Assombro é uma viagem e a alma, outra. E então começo a ter saudade do futuro. Como se a ele já pertencesse. Adoeço de futuro. E a noite se encostava ao pé do céu. Tal se escutasse pela fechadura a conversa do céu.

    E foi assim que, aos poucos, concedido vento às minhas palavras, o Destino trovoava de tanta inveja de mim. É que eu puxava os passarinhos, ou eles me puxavam. E vi três homens sentados debaixo de uma oliveira e eles não me viram. Quando o Destino estava de costas, tirei do bolso o anel e, de palavra, tornei-me invisível. E nem verifiquei quando voava, imponderável, que o vento não tem ossos, mas cordas vocais prodigiosas. E como sumi, o Destino nem observou. Porque a velocidade é a primazia da luz. E não acredito no que tem que ser. Porque o que vai sendo, com a fé amoldo. O que está me sonhando, já veio. Futuro não se gasta. Levitei sobre o fidalgo oceano e uma vaga muito alta me tangeu e, tal cítara, espumei de lume. Como se enxergasse lá nos fundos olhos de um cão. E foi ali que velejei sobre os rios da infância e tem ela tamanhos rios que não se exaurem. Quem penetra o céu, entre magros horizontes, é como se entrasse pelas pupilas adentro de um infinito cão, de antiquíssima retina.

E não conto o que presenciei de céu, como não relato o que se deu no ventre de minha mãe. E ao morrer não hei de contar o que se dará na entranha da terra, não hei de contar mais nada, porque a palavra contará. De novo vi o alarme da aurora e ela não aceita gaiola. E eu captara no invisível o instinto que os pássaros possuem e me deslocava agora sobre a cidade como dentro da palma de uma mão quase fechada. Era a mão que tateava as formas do universo e o universo me tateava. E formosa se fazia a maneira com que eu crescia de céu e o céu crescia de mim. E bulia com os córregos, seus corredores de ar arrastavam as ondas pelas pernas.

Não podia inventar de viver, com tamanhos côvados vividos. Era tal se eu virasse luz e não era. A invisibilidade é a

mesma de haver morrido sem morrer. Estava no trinar das coisas. E o sol era uma guitarra de vaga-lumes. Queria chegar à ponta de Deus, queria Deus. Mas ser invisível não basta, nem adormece. E montava na mula da lua e as crinas de cristal tinham muita infância. Atravessei veloz a infância e o céu é tão comprido, com pedras soltas, voantes. E acabei descendo, descendo, pegando de novo a realidade. Colocando o anel no meu casaco, usei palavra. E fui andando, andando a pé pelas ruas, lembrando do que assegurava meu sensato avô.
— O que se ignora, já começou a nos ignorar bem antes.

## 2

Conto e reviso os acontecidos. A idade das coisas só aparece quando a história termina. E vou contando e o sagrado sucede quando a coisa se designa. Conta-se de amor. E quem conta, cria o pretexto para que alguém continue contando. Porque vai até onde esgotam nossas palavras. Depois é memória.

E não é o medo que manda, é a palavra. E a idade das coisas só aparece quando a história termina. E Eduardo de Rosigni, o filósofo, afirmou, certa vez, que ela não termina — e isso vem a ser assunto do vento — sussurra o poeta. E eu via a história como uma pedra que era empurrada e se movia. Sua voz não parava de ir contando. Ainda que fossem fábulas. Porque a mentira no que narra é absolutamente abolida. E é verdade o que alegam os arqueólogos: a história não respeita ruínas, por mais sensíveis que forem, a história avulta como as castanheiras. E todos os informes dos montes, dos bichos, dos rios ou das raízes são larvas de história e ela tem vocábulos que se reproduzem com as crisálidas. E não importa se ela se enche de moscas e mendigos, ou se entulha de pólvora nas guerras, ou se vai infiltrada nas calamidades, ou que os animais se devorem e os bárbaros devastem as cidades, a história persiste relatando. E não sei quando nos livramos dela ou ela se livra de nós. E então narramos contra ela e continua não importando.

## 3

Moro num bairro de Assombro, nas proximidades do Marechal-Oceano. E, às vezes — não sei o motivo —, minha sombra é como uma pele de leopardo que se estende por todas as peças mobiliadas. E a cama nos lençóis tem revôos de perdiz. E a casa na noite é uma única e vasta candeia. Como se roçasse no focinho das estrelas.

E conto o que é do Destino, porque se acabamos tendo de morrer que morramos queimando. Como se já nos escondêssemos no raio. Conto e palavra quando jorra, já se desenhou de existir. E a vida não tem olhos separados. Com música dentro. Ainda que não se saiba qual.

E escutei de novo um trem atravessando Assombro e era como se também me fosse atravessando com seu apito. Cuspindo fumaça de alma. Os vagões carregados de carvão e alguns bois aprisionados. E o cego Alencarino aguardava na estação o comboio, com a sanfona que, ruidosa, tocava. Compunha um monte de gente ao derredor. As teclas da sanfona cuspiam, cuspiam manhãs.

E a vida é verdade que vem e alguma que já rebentou. Cai água no coração? Apenas de amor e foi quando. Ou não foi ainda. Amor cai água no coração. E brota flor sob o chapéu da lua. E o coração ganha mais vulto, sombra grande. Sim, vi aquela mulher na porta de madeira talhada. Era uma vasta casa, toda azulejada, com verdes janelas e pintada em cor de telha. Vi e ela me foi vendo de há muito e estava alumiada de formosura e tanto, que seus olhos ficaram lá para dentro num riacho correndo. Olhos grandes e não sabiam acabar. E eu não, não, não. Digo que tremi. Fora encantado. No olhar que foi e veio. Bem gostado. E ela entrou depois, como me aguardando. É, os olhos grandes não sabiam acabar. E Destino me fitou e sorriu. Cai água de amor. E não sabia como se chamava aquela mulher. Fiquei extático diante da porta, como uma pedra brilhando. Noutro dia, como quem fareja rastros, apareci na vizinhança. E foi uma senhora gorda, quase madona dos quadros de Rafael, bem falante, esperta, que me deu as características e o nome da moça que procurava. Quando me soou o nome — Tamara — era como se ele fosse um ramo de crisântemos. Não explico a imagem que rebentou. E tudo me foi extraviando e eu era um revisor e, até certo ponto, inventor de vertigem. E não era mais nada. O Destino me impelia? Nem reparei a não ser o insólito, os interstícios e mágicas que o amor produzia, às vezes desvairadas. É amor, o que não finda com a gente. E agi com rapidez. Utilizei o dom de me fazer invisível ao colocar o anel e balbuciar palavra. Pela descoberta do nome, fui à pessoa. E o que seria o nome? Um braço, uma perna. Não muda o amor. E o que reverdece, é que ficou cativo. Sim, amor que pode até mudar o nome. Entrei em sua casa, invisível e a observei no quarto, enquanto dormia. Depois escutei, quando ela tomava café, o seu nome — Tamara. E me afastei com esse nome respirando comigo. E após guardar o anel e a palavra tornei-me corpóreo. Nem podia perder o anel: seria a morte. E sem a palavra: esquecimento. Deixara sobre a cômoda num vaso de cristal, um bilhete: "Estive aqui e sou o mesmo que viste passar em tua porta". E ali coloquei meu telefone e a vontade, se possível, de revê-la. Na entrada da casa abandonei, sim, um ramo de crisântemos, com meu nome. E aguardei. E é lógico que sentiu o choque dessa visita inexplicável. Cogitando: peguei-te na palavra! E se o nome designa, o que há mais nele? Esperei que o telefone tocasse e houvesse um gesto. E amor é o que se demarca. Não se peleja contra o acaso: ele que deve trabalhar por nós. E houve um susto para o gorjear que se repetia, este trino pelos fios. E eu fiquei imóvel, respirando. Com suspiro quase branco. Não resisti. Ao atender, era uma voz suave que, aos poucos, se foi certificando, tateando. E recendia a crisântemos, voz formosa, aliciante. Falou: — Quem és? — Sou Jonas Assombro. Como puseste o bilhete e as flores lá em casa? Com a ajuda de quem? Fui escutando e não respondi logo, queria auscultar o fundo veludoso da voz, como se a tocasse. Indaguei apenas: — Agradou-te a surpresa, agradaram-te os crisântemos? E, de outro lado da linha, continuou a pergunta. Emendando, com um "sim, gostei". E eu desejava apenas o ensejo de revê-la. E, caso aceitasse, contaria o que me fosse possível. E a segurei pela natural curiosidade das mulheres.

E chegamos a um ponto comum: o encontro na praça central e a senha eram os nomes, semblantes. Com hora e lugar, à sombra da amendoeira. Sabia que era um intruso, mas menos, cada vez menos, ao lembrar seus olhos me chamando. E cai água de amor e as palavras estão cheias de romãs e é o tempo que se escreve. No dia marcado, cheguei à rua e contemplei ao redor. Um sol vigoroso montava sobre a fronde das árvores, aquecendo roupas, sapatos. Um sol rolava e os pés estremeciam. Parei num eito de penumbra, ali, no arbusto que me olhava. Senti o movimento estrepitoso dos veículos e vi alguns velhos, de toscas vestes, apanhando sol. E o sol vibrava nos meus pés e era como se voasse. Com tonteira, um corroer no estômago. Depois, através do microfone, um caminhão vendia uvas e melões. Levei minutos para transpor a praça até a amendoeira. Olhei e não vi nada. Olhei de novo. Foi quando reparei a fronte alta, contorno viçoso, pupilas muito azuis, rosto grego, boca sinuosa, lábios grossos. De passos ágeis, flexuosa, elegante; as mãos torneadas e leves. Sedutora. Vi tudo e tudo me viu. E a convidei a sentar no banco e o fez com certo encanto, ritmo. Éramos dois relâmpagos azuis que se iam tornando verdes. Deixei o corpo estar, para que alma mais se filtrasse com a luz. O ar azul, de olhos muito azuis. Não quis falar primeiro: fascinado. Não precisávamos de tanto, bastava juntarmos as épocas, os séculos. Bastava-nos pouco. E ela — percebi — também fora atraída, vestindo blusa azul e vestido alvo. Bastava-nos pouco. Por que palavras? E elas que vieram, ainda que nem desejássemos. E estávamos num instante secreto e só nos conhecíamos. E ventou. Ventou da nuca e dos delicados ombros, dos peitos que a blusa mais realçava do que escondia, suas nádegas e as pernas nuas, sem meias. Meus olhos não se apartavam dela e ventava. Ao se dar conta de que a fitava, sentado de lado, também me fixou, detendo-se no meu rosto, como se o cindisse ao meio. Arguta, perguntou-me à queima-roupa tudo o que indagara no telefone. Sentia-me ingênuo, inocente, desamparado. Tal um réu no tribunal, os pés nervosos. E para minha maior irritação, como em coro, ventava mais intensamente. Fui dando tardança ao questionário. E então, sem responder de imediato, reagi: — Olha este vento, estamos cheios de sinais! E com o rosto ardendo: — Vieste aqui porque quiseste conhecer-me... Fiz um grave silêncio e percebi que era o céu. E ela me contemplou como uma pedra que brilhava. E um sorriso que me desarmou. Então disse: — Posso fazer-me invisível, sabia? Foi assim que deixei o bilhete e os crisântemos. Se ela acreditasse, seria a morte. O segredo só se desfaz no acatamento. E ela riu muito e não creu em nada, e foi esquecendo. E teve certeza de que eu estava brincando e — na pior hipótese — disparando uma bondosa ironia. E fui mudando de assunto. Indaguei sobre a sua vida e trabalho. Não namorava ninguém e simpatizara comigo. Falou sem meia-palavra. Falou, olhando-me com todo o corpo. Era o corpo que me via, sussurrante. Sugeri que jantássemos lá no restaurante Saint-Paul. Designamos sábado e era quinta. Só fica sábio o que ama. E só quem ama, sabe. E soubemos naquela noite que se agitava, entre garçons, clientes. E cai água do coração, ia caindo. Pedimos frango à cubana e quase nem comemos. Tamara exuberante e prendi suas mãos nas minhas. Prendi e ela deixou. O coração sabe mais do que os dedos, olhos. E a noite não tem pálpebras. Não lembro muito as coisas que dissemos, lembro a cara que se alumbrava, o jeito de estar vendo e o corpo. Não, a noite não tem pálpebras.

# Capítulo Sexto

## 1

Ao nos despedirmos aquela noite, já não éramos mais os mesmos, não seríamos nunca mais os mesmos. Arrebatado, tive de tornar ao ofício de revisor e carece de atenção. As letras e crônicas de uma cidade o exigem, para que erros de datas e de nomes ou lugar não se prolonguem. Reviso gerações e elas são arrogantes com sua memória. Os registros não podem ser avariados pela pobre distração humana. E nisso porfio obstinado. E o Destino se quedara subitamente mudo e nem eu com ele dirigia palavra. E o arrimo de estar junto à Tamara ia-se diluindo, temporariamente, entre uma leitura e outra. Mas a doidice do amor é bem mais certa que a do juízo. Embora emanem de mesma fonte. Tendo uma certeza que revolvia as páginas dos pergaminhos e alfarrábios, de que, enquanto vivesse, por haver tanto lidado com as palavras, minha infância não terminaria nunca. Porque numa e noutra, infalivelmente, iria continuando. Malgrado soubesse que de viver é que se vai aprendendo a morrer. E de morrer, num infindável clamor, persistimos vivendo. Provisório é o sonho do homem; o espírito que rege todos os sonhos é eterno. E me move a esperança de que até estas emurchecidas crônicas sejam ainda lidas por algum sobrevivente, ou energúmeno de ósseas memórias. Não importa: isso é jurisdição do Destino que nem tem onde pousar os cambaios e desavindos pés. O que importa é contar e, enquanto conto, o mundo gira e o amor não esmorece. E mesmo que eu destrate o Destino, permitiu-me uma intocada infância. E com isso permitiu-me tudo. Porque, tendo a infância comigo, podem açoitar-me as provações, que um esconderijo sem mácula me serve e é aonde vai o lento tear da fábula. E principio. Assinala o poeta Nazim Hikmet:

> "Cantarás oliveiras,
> Não para que fiquem aos filhos,
> Mas porque, ainda que temas a morte,
> Já não creias nela,
> Pois em tua balança
> Tem a vida pesado muito mais".

## 2

E Tamara? Fui vê-la em casa e estava só.

E alguém só se acha só quando a casa é toda ela. E era toda mais eu. A casa estava cheia de *eus*. Falamos, falamos e

havia um sotaque de ar elétrico. Éramos os únicos ruídos e foi a faísca e a pólvora. E não sabíamos que formávamos um rio, nem que o rio nos formava. Em sua cama larga, amadurecemos a manhã e a noite. Entrei dentro e ela, em mim. A pele de lírio e os corpos, ramos entrelaçados. Árvore de um na árvore de outro. Amor é água que cai e sobe. E não desaparece com o refluxo. E a pequena lâmpada na cabeceira bruxuleava, as nossas brancas, acesas sombras. E os corpos, casas brancas. E branca a casa da alma. E o sol branco no negro, o sol branco no branco. Azuis os sóis e nus. E o corpo cai no corpo e alma na alma. O íntimo de um rosto noutro, até a flor em foz, a foz com sede: a luz, água caindo. Que a semente ondeia água na água: em ouro líquido e branco o amor. Relâmpagos de girassóis nas sílabas. E os dias calados e a nudez é labareda branca em labareda negra. Em labareda constelada. Subindo pelos corpos. Nada é isento de alma.
— E o que mais fazemos, se a tudo possuímos! — ela disse.
— Vivemos. — Morremos. — Nascemos um do outro. — Não precisamos de memória. — Ela é que precisa de nós. — Carecemos um do outro. E as almas cândidas, verdadeiras, prontas. E estávamos desabotoando e era um com o outro. Branco, que corpo é mais branco que alma, mais branco o sol cai no sol e nada, nada se isenta de alma. As estrelas cresceram. E é amor. Crescendo de amor, nada mais haveria de intervir, nem as magnólias, os astros, os cães. E havia um punhado de céu em cima, um acesso de céu nas almas. Um acesso de alma, que era o mais inteiro céu. E não hesitamos em chegar ao princípio. Tem algum nome — e nos completamos juntos, num hausto: — Tem algum nome o paraíso?

# 3

—Vau do mundo é amor — ela disse e cintilava.

— Também vau do vento — clamei.

— Rio abaixo quem rege é a foz!

— A nau somos.

— O poente se agarrou à maré e pintassilgos cantam nas margens.

— O cimo são léguas de tarde e corpo na alma.

— A loucura inteira não dorme.

— Nem é resvaloso o céu.

— Teus cabelos parecem andorinhas saindo.

— Não saíram: pousam no beijo.

— A pele branca do corpo tem ocultos.

— Todas as ocultezas vêm a lume, amor!

— Ao sentirmos, vê, todas as coisas deitam.

— E respiramos depressa com as mãos que deslizam sobre os ombros.

— E os ombros não anoitecem os pesos.

— É levíssima minha alma na tua.

— Não acabamos de infância.

— Nem de sementes.

— É como duramos: a infância de um na de outro.

— E são altas, altas as nossas labaredas!

— O que então nos queima é que reverdece.

— E reverdece todo o rio.

— E não há mais dor, apertamos o céu.

— Respiramos nuvens, até a paz das mãos.

— Descansamos tão brancos, brancos no fogo, amém.

## 4

Era um mistério gozoso se encarnando num entendimento que ultrapassava os corpos. De alma em alma, ambos se entendiam, desde o começo do mundo. Tal se estivéssemos inventando juntos planetas, cometas, a via-láctea. E Tamara disse: — Não podemos mais sair um do corpo do outro, não podemos mais sair de estarmos juntos. E vi que mergulháramos na inefável água de alma. E ficáramos iluminados um do outro, aplacados, livres. E não bendisse suficientemente a vida naquele momento, porque de vida nos ocupávamos e nos extravasou. Na flueza do amor nos sentimos como cavalos límpidos. Subindo, subindo a montanha.

E não descansamos loucura, porque não descansa, não quer. Tudo se altera em nome, nada se altera em alma. Quando dois corpos se juncam, água conversa com água por se irem de amor.

E não sabia mais o que dizer, se Tamara me dissera antes, como se nossas palavras se cruzassem como aves nas estações. E vi que não havia estação. Havia um pomar ileso e sem tempo. Não nos despedíamos. Eu passara a viver na casa de Tamara. E depois ela na minha, como se nos prolongássemos de casa em casa. Por nos havermos inventado. Amor caía de água.

## 5

Sim, era o amor um subir o rio, para que o rio subisse até nós. E sabíamos que o alvorecer dava voltas em nós, enquanto dávamos voltas no alvorecer. E todas as coisas são ditosas, quando o somos.

— É verdade que o dia está cheio de respostas, Tamara?
— É, sim.
— Mesmo?
— Deve ser.
— Por que a terra então só nos pergunta com a hibernação dos animais e a invenção dos frutos?
— Ela pergunta o quê?
— Que um dia nos enterramos de terra e depois nos desenterramos de flor.
— E de novo somos plantados, para novamente ascender pelo orvalho.
— É. O orvalho tem sede.
— De orvalho.

E Tamara me chamou a atenção de um sabiá que estava cantando. E eu não conseguia ouvir agora nada. Ouço o arfar da terra como se, aos poucos, se erguesse com a relva. Ouço o rumor dilatado da seiva pelos troncos.

— Se ouvisses, o que escuto, irias te espantar — falei. Tamara calou, entrando em casa. Fazia um esforço para limpar o chão de pedra da sala e arrumou — não havia notado antes — um vaso de violetas.

— Onde cataste as violetas, lembrando-me de que a espécie estava abolida com a palavra?
— No bosque, antes que viesses.
— Não tomaste conhecimento da epidemia das violetas que se espalhou em Assombro?
— Ouvi dizer, mas, ao sumir a epidemia, sumiram os sintomas e não posso deixar de amar essas flores.

Um pouco assustado, recordei-me de quanto elas eram mortais. Coincidindo com um bando de estorninhos que traçavam o céu. Mas estão ausentes. Deveria haver inexplicada relação entre tais aves e flores, um conúbio perverso, talvez um pólen que era impelido pela brisa. Tácitos, os meus olhos e boca, olhei quanto eram especiosas, bem postas. E parafraseando o Mestre Machado: "As grandezas da terra não valem uma nascida do bosque". Aprendi muito com o mistério e nunca se aprende o suficiente. Nem conheço até que ponto é sestrosa a morte. E deixei aquelas violetas no vaso, porque o dia se assemelhava a uma grande violeta pendulando. E também me dei conta de que sempre criamos causas nem sempre legítimas. Além dos estorninhos, outros jurariam ser da primavera ou do inverno, ou de canteiros envenenados, nascendo hipóteses ou teses difíceis de admitir, porque o que brota já brotou. E não adianta somar razões entre causas e efeitos, quando às vezes as coisas transbordam de rupturas, de frêmitos, ou nadas. Uma extravagância da ruptura que transtorna a existência, ou a deforma ou desespera. Nem o fato de olhar uma estrela, jamais mudará a estrela. E nenhuma causa existe no abalo que vem das funduras ou do imprevisível. Contudo, o infortúnio e mais ainda o amor se movem sem carecerem de causa. Ou melhor, é quando à causa segue o efeito. E o que importava é que estávamos, Tamara e eu, unidos e felizes, e lá na rua rolava uma algazarra de crianças. Umas pulavam corda, outras brincavam nas lajes marcadas com o jogo de amarelinha. Adiante garotos desfechavam bolas de gude. E não ouvia o sabiá que Tamara me afirmou que gorjeava. E pressenti ser um defeito meu de alma, porque o sabiá sempre deve cantar nalguma parte, se já não estiver cantando dentro de nós.

# 6

Tinha lapsos de horas longe de Tamara, ali, no peremptório cargo de escriba e revisor com documentos que se avolumaram para o meu exame. O Destino é trovejoso e me quer neste serviço de amanuense, como se as palavras precisassem do meu empenho de as contemplar e retificar, sob o cristal conjurante das linhas e espaços. Tal se vivessem, enquanto as apalpasse com as mãos e os calejados olhos. E achei chispas entre elas de uma brasa adormecida, antes de se tornarem cinza. E era como se eu tratasse diretamente com os mortos nos oraculares registros e eles também tratassem comigo de suas admitidas culpas, opções e glórias. E não se lamentavam de nada, enquanto os vivos reclamam de coisas mínimas. E não, não me perdia entre os mortos, confundo-me mais entre os vivos. Por nos chocarem ou perturbarem. Os mortos já foram depurados; de tanto que morreram, há que depurar os vivos, esses que molestam e exigem. Conheço, sim, a língua dos mortos nas suas bocas mudas, nos seus alucinantes verbos e advérbios, e ela me aguça com o mel do que escrevinho. Sobre o que fora subterraneamente apagado. Como se, às vezes, trabalhasse em palimpsesto. E havia apenas uma janela no Arquivo, esta fria sala municipal de manuscritos e registros. Numa escrita que não acabava. E se avançasse a noite, sob a lâmpada não muito alumiosa, tinha a cabal impressão de que a lua com sua cara redonda ali batesse e quisesse invadir. Era então a glória, a lua mais dos mortos que dos vivos. E até pensei que ela tivesse a mesma cara amarela do Destino.

Certa manhã vi um peixe azul debruçar-se como ave na tal janela, como se flutuasse entre o ferro das grades. E se os mortos, mesmo nessas memórias, continuam com a boca cheia de terra e algumas proletárias formigas, também persistem tendo a boca repleta de palavras, iguais às maçãs que se penduravam num remoto galho da infância. E a infância volta, sem que se queira, volta à superfície deste lago de águas escuras e margens com areias devolutas. *Res nullius*, ou solo de ninguém é o coração. A ele se apegam todas as matérias, as diáfanas, as convulsas e as em flagrante extinção.

Revisar é ir modificando, corrigindo, alinhavando ou inserindo o que falta e podando o que sobra. E o futuro dos mortos se encontra em minhas mãos e o dos vivos com o Destino. Um bocado aborrecido, recordei o instante puro em que na madrugada saltei do leito de Tamara, com sua nudez amaciando a envoltura do lençol e um raio de luz tombou como um levíssimo seixo sobre Tamara e ela sorriu, entreabrindo a espuma candente dos dentes, num espreguiçamento que o sol derramava, lânguido, sensual. E me maravilhei de quanto a minha lembrança se acorda por feição de amor.

Era um pensamento que se mesclava de sonho, porque a memória com a imaginação misturam tudo, desvendam, ou encobrem, conforme o sentimento que os clareia. Depois revi quando Tamara me abrigou entre seus braços, ou então quando fazíamos amor, numa alegria que nos açulava, como os músculos de heras se conjugando no álamo de corpos na floresta. Nos dávamos amor e íamos ensinando as sementes. E nos afundávamos, morosos, na noite. E as sementes são mais do que o cântaro, quando o cântaro é alma, quando as almas são corpo, quando as sementes de alma não cabem na alma, quando o corpo transborda dos corpos. E não há céu que baste aos que se amam.

O amor não cessa de procurar, porque não cessa de ir encontrando. O amor não cessa, porque se vê sonhando e se adia até a realidade também não cessar.

E Tamara me olhara com feição divertida e mostrou a língua como uma menina birrenta e não era. Eu me enrijeci e a abracei. Fui correspondido. Depois seus olhos cresciam. E deu-me ganas de correr sem parar no seu corpo. E deitou um rio conosco.

Mais tarde disse que o sabiá persistia gorjeando nalguma banda do pátio e então ouvi. Temos a alma na boca. E um só, soluçante, úmido sopro.

— Amar não tem varanda! — observei. E havia fonemas e ditongos em sua boca.

Contar é imaginar o que se esquece e volto a este ofício, como quem vai dando voltas à infância. Sem idade, percebo um vulcão dormido sob a neve das palavras, um vulcão com caracteres extintos, a ossatura de um vulcão que nos registros se apagou e aborda nascimentos e defuntações, ferrujosos escombros e calcárias letras com o entorpecimento de formigas sob o polegar.

Tamara, viola de tâmaras no peito, conto, reviso, falo sozinho, resmungo que te amo e as palavras parecem nada saber, nem saberão de quanto já sabemos!

Conto e minha palavra não vira para trás. E se me viro, contemplo a cara inoportuna do Destino e a cara da noite. E dizem que ali na escuridão nos curamos de mais escuridão. No entanto, ali fui menino e não sabia o que fazer de mim. E no escuro é que aprendi sobre a luz. E passei a entender sobre os vivos, ao entender os mortos.

No escuro estava surdo: era rapaz. A morte zumbia e a mãe me disse que ia morrer. Inclinei-me sobre ela. Era escuro, só via os olhos se apagando, a voz sumindo. E eu gritei: a noite gritou. E a noite foi toda a minha mãe. E não assisti quando a sepultaram. Agora, a barriga que me gerou, está na barriga da terra, onde dorme outro mar.

Fui curado de sua escuridão, para emergir da fundura. E gritei e a noite gritou, e estava desnuda. Rodeou-me com seus braços e senti o peito da escuridão. E damos voltas, apertados.

— Que coisas falas na mudez! E se riu. Ao seu contato, entre beijos, banhei-me em seu olor e explorei com as mãos o corpo, a morte, o sexo. E houve um tremor e não nos contivemos: gritamos os dois tão fortemente e explodiram as estrelas.

E agora sei, Tamara, que desde o amor não há morte. E não sou mais o menino encolhido no escuro. E isso vou contando cada vez, de forma diferente, com imagens e fragmentos. E se vigorar esta versão que escrevi, há muitas outras, supondo ser a verdadeira, enquanto as demais ficaram por escrever. E se não o foram é porque esta o exigiu.

E quando deparei que o que revisava me escapou, criei outra diversa, até que as lembranças sejam lavradas como em pedra. E que permaneça a versão, mais que o fato. Pois esse pode ramificar-se em outros e não me apraz habitar labirinto meu ou alheio.

E não vivia sem Tamara, como ela não vivia sem mim. Descobri que Tamara era a Alma, a mesma, e eu, o Corpo. Não, jamais existiríamos separados. E Alma andava em tudo. Até no que não entendia e, enfim, me entende.

# 7

Ouvir a voz da chuva no telhado atrai os amantes. O barulho da chuva mansamente impele um ao outro.

Chove a luz molhada sobre os corpos e as palavras já são terra, ossos que se desmancham nas espigas. Depois os mortos — e não precisamos escutá-los — são navios amortalhados no cais afundado sob o solo. E se ouvem gota a gota, os bemóis de vindouras sementes. Os bemóis e os tambores por debaixo da grama com anca de donzela. E o que não se sabe é onde o pé das árvores pisaram, nem as ávidas pegadas deixadas sobre as ervas dos porejantes pés na colina. E ela agora dormida é um gamo de sono. E amontoava-se a manhã em moedeiras silvestres, os gravitados centavos de rocio. Contemplava, sim, a natureza em torno, por não precisar se enganar de luz. E bate a chuva, bate este tambor de sementes.

E Tamara era Alma. E ao ventar, nem o vento a pegava. E eu, Corpo, Corpo. E sempre o fim vai para o começo e vice-versa. Capturando minha Alma. E eu estava completo.

# Capítulo Sétimo

## 1

Desde quando Susete Barin viu morrer seu filho José, ainda moço, num acidente e se recuperou da cegueira e surdez, casando-se com Alexandre Solof, o que cheirava a maçãs, nada mais soube. Também que se divorciaram — o que surpreendeu. Soube, sim, mero revisor de arquivos entre sílabas de alegria e terror. Contaram-me que discutiam e brigavam, e as próprias palavras se iam cumprindo — ao serem proferidas na raiva — de um contra as do outro, até não haver mais nada. E o atarracado Alexandre Solof alugou um quarto no hotel *Florença* e ali se alojou com os trastes que falavam menos do que ele. Passou a se embebedar nos bares com amigos, sendo continuamente levado de arrasto ao quarto, quando não pernoitava na sarjeta. Por que as coisas sabem mais do homem, do que o homem das coisas?

E Alexandre adoeceu de ver morte em tudo e quis escapar dela como um passarinho, quis se eximir dessa detonação de abismo. E morte tem um olho de ciclope e há que furá-lo com pedra. Numa noite, em delírio, desejava ferir a morte e se feriu com faca num dos ombros. E não sei quem mais berrava — a morte ou ele. Foi conduzido ao hospital municipal e dizia coisas sem sentido. E a morte estava lá, na cabeceira. Foi quando o visitei e me reconheceu, dificultoso, como se fosse, um fantasma. E não viu quando lhe coloquei suavemente uma palavra sobre os olhos e em sua ferida, saindo como entrei.

Alexandre recobrou os sentidos e o ferimento sarou de vez. Levantou-se, viu-se curado de morte, não de alma. Essa o atordoava, querendo fugir do cativo corpo. Procurou Susete Barin num sábado de janeiro, inesperadamente apareceu na casa de sua ex-mulher — barbudo, macilento, de olhos siderados, como se nada houvesse sucedido entre eles. A memória se entupira e as lembranças estagnaram. Alexandre, sem maior cerimônia, sentou na mesa — era o almoço — servindo-se do arroz, da carne moída e do feijão, sorrindo sem saber porque sorria. E comeu com o prato cheio, tal se estivera perenemente ali. E Susete, sem palavra, assistia a cena penalizada, acolhendo aquele náufrago. E Alexandre não se recordava de nada, furtando-se de tocar em Susete, por sentir em si mesmo algo tão corrosivo que o desamparava. E ela o contemplava, entre temor e comiseração, até o momento em que Alexandre quebrou o prato e o relógio da parede parou. Num transe. Desconhecia o liame do universo que se partira, ou que matéria se desvairava, a ponto de explodir. A morte não sabe quando começa a ser morte. E o que Susete lhe disse, depois do almoço foi: — Estamos separados e é bom que assim continuemos. Concluindo: — Se queres enlouquecer, enlouquece sozinho! E a mente de Alexandre se turbou, qual se tombasse de uma encosta. E um acontecimento se associou a outro. Envergonhado, tomou o rumo da porta. Pensando: O tempo não é redondo. O tempo vai e não volta. É verdade que Susete se endureceu de tristeza. Mas farejou um mal que se enraizara nele e com que não lograva conviver. Viu isso nos seus olhos com alarme de impalpável perda. E deu-se conta de quanto ele envelhecera, sem nada de sua jovialidade. Aliás, depois soube que Alexandre não mais freqüentava o laboratório químico, onde trabalhava. E avariado nas idéias foi para a praia e o oceano é surdo, e dizem que sofre de alguma ceguez de infância. E penetrou nas ondas, ainda mais surdo e elas penetraram nele e desapareceu.

Susete quando teve notícia de seu sumiço, o inchado corpo foi devolvido com pressa na maré. Susete então cuidou de sepultá-lo honrosamente. Mal cabia no caixão, encoberto de salsugem. Com olhos comidos pelos peixes e a roupa desgrenhada. E assim que o rilhar da terra o engoliu, boatos se propagaram sobre a danação que lhe assumira a existência. O que tocava, ia murchando e era ferido de morte. Como se os dedos inoculassem letal veneno. As rosas que mal acariciara no jardim do laboratório, num átimo, feneceram. O gato que surgiu na janela de seu quarto térreo no hotel, num toque, ruidoso expirou. Um pardal debruçado no cimo de uma sebe, ao ser alcançado por sua sombra, tombou desvalido. E a própria sebe logo após secou.

Diante disso, Susete agradeceu a bem-aventurança de não ter sido tocada, talvez pelo resíduo de amor que ele ainda lhe votava, talvez por não lhe ter visto a morte que se amasiara nele, talvez por nada. E "a monotonia da desgraça é aborrecida" — afirmava Machado. E era. O que parece desavindo é o senso de futuro. O senso de que tudo vai passando por tudo sem sabermos.

Advertiu Aristóteles que o princípio da filosofia é o maravilhoso. E o princípio do maravilhoso é o de a realidade ser tão real, que se inventa. E não, não vi Susete Barin soluçar sequer com os acontecidos, nem lhe raiou água nas duras pupilas. Chorou apenas quando perdeu José, seu filho, o mais era pedra. E uma pedra jogou sobre o mar e ali se acabara a ressaca da infância. E o mar reteve a pedra entre suas negras pétalas. E todo se fechou. Depois nunca mais encontrei Susete Barin. Disseram-me estar em Paris, perto do Sena, afeiçoada em cachorros de raça, casada com um rico relojoeiro francês, livre, portanto, dos desastres.

## 2

Eu, amanuense e revisor, comovia uma pedra e não consegui comover jamais o Destino. Por ser petulante e nunca haver tido uma horta de rosas para cultivar. O que seria maravilhoso, pois a horta muda o humor do jardineiro e as rosas ensinam o requinte de ver, perfumando a fragilidade do silêncio. E acho que o Destino, entretanto, tem alguma coisa com o vento, por não alcançar pouso. E só se é ditoso pousando um no outro. Como pouso em Tamara e ela em mim. É um pássaro o amor que não quer perder plumas?

Não usei por longo período o anel da invisibilidade nem sua umbilical palavra. É que não havia precisão de andar em alma, quando toda já andava, palpável, ao meu lado.

Tamara me supria de levitar ou ser incorpóreo, supria-me de pegar na mão o céu, se tinha em palma amor de corpo em céu. Mas não podia portar constantemente no bolso o anel. Nem me cabia referi-lo, mesmo a Tamara. Havendo um segredo maior que nem alma vê, para que não se extravie. E a perda do anel era a minha morte. Por existir um pacto de palavra e universo sobre ele. Pensei muito. Na morada de Tamara ou na minha, onde dividíamos as estações, não me veio idéia propícia onde guardá-lo mais permanente. O único que me deu confiança foi o interior vazio de um cajado. Recebera um — era esculpido de flores. Foi presente de Tamara. Por lhe dizer, certa vez, quanto o prezava como símbolo (vocação escondida de pastor de ovelhas?). E veio a calhar para o meu desígnio. Ali dentro, num invólucro de madeira, em formato de caixa, que se trancava, depositei o anel. Coloquei-o no pátio de meu quintal, sob um alpendre, com telhado e relva, bem junto a um cântaro de barro e uma roseira. Fincado de cabeça para baixo. E era discreto o lugar. Tamara, por me aceitar vinculado aos sinais, respeitou. Caso necessitasse dele, arrancava o cajado pelo pé. E era como plantava a realidade, até o sonho. Acresci sobre a relva três seixos. E alguns centímetros dali dorme sem fim o meu cão Argos, de excelsa memória e gloriosos feitos. Morreu em mão de inexperiente veterinária, com injeção contra a dor, que lhe tirou dor e vida. Ao enterrar o anel no cajado, doeu-me o coração que tinha asas de passarinho. Mas senhora terra, guardarás bem esse tesouro, porque na fidelidade, mais do que em cofres, engoles mortos e não se tem mais notícia deles. E tal é a tua perícia e boca fechada, que nem sabem de si mesmos. Sei que está sob telhas e perto de muro de pedra, protegido das tempestades. Mas é fundamental que te hajas com fidúcia, dona terra! Subiu alguma hera por seu costado e eu a honro, por vir de ti, guardiã do tempo! E brame o Marechal-Oceano: Mudou Assombro! Mudou! — diz a andorinha. Mudou Assombro de haver mudado sem mudar. Morreram muitos, brotam outros. Senhora terra, como estão juntos, patrões, capatazes e peões? O Manuel Lua, por exemplo, violonista que terminou mal na boca de um tiro de carabina, senhora terra, era valente, sonhador, metia-se entre bêbados e amores baldios, toma conta desses, que se ocupem de ir morrendo, porque morrerão continuamente, até não morrer mais por este sono e sono de pedra e cal. E o Delegado Etelvino Marins, durão, insensível, tantas vezes prepotente, prendendo ao léu, sem lei, impiedoso, perverso ante os fracos e indefesos, não sairá mais da cova, senhora terra, agora posto lá embaixo, sem patrocínio político, põe a delegar os vermes, se obedientes forem, porque não tem cavalo, que seja montado no galope de insetos, pois não ocorrerão indagações, faze-o saber, senhora, o que é justiça! Sim, Assombro mudou, como as fábulas manam no mudar das fontes.

## 3

Conto que existem na cidade coisas que foram ditas e acontecidas, e outras que não foram relatadas. E se a verdade é uma para alguns e diferente para outros, onde se esconde? A palavra é que sabe, onde sabe o coração.

Sim, em certa noite apareceu um homem corcunda e muito antigo, com pele encarquilhada como um pergaminho, quem dele se aproximasse, observava os passos curtos, a cabeça leonina, cabelos brancos e encaracolados, descendo ao ombro. Vestia uma túnica toda rendada, de cor escarlate. Parecia saído de alguma efígie de Merlin da Távola Redonda.

Falava pouco e era um adivinho que trabalhava com símbolos e números mágicos e não como regra. Considerado por alguns, profeta ou visionário, o que, segundo Shakespeare, não tinha "erro de volver das coisas não nascidas que ainda se acham entesouradas nos fracos germes e começos". O certo é que ganhara fama de desvendar o Destino pelos olhos. Sendo capaz de prever acontecimentos, usando as suas grandes e hipnóticas pupilas. Assustava. Como se adviesse lá do passado para o futuro. Não utilizava cartas nem as admitia. Afirmava que não carecia de muletas para andar no espírito. Nem sei em que espírito vagava, porque de adivinhar por precaução me prevenia, porque alma ou sabe de si mesma ou não é alma. E me valeria de experiências, ciente de que o adivinho pode prever apenas a metade, o todo apenas a Deus pertence.

Era, portanto, perigoso para uns que não queriam saber do que sucederia, bastando o mal que já se dera. Ademais, se verdadeiros, os fatos aconteceriam inapelavelmente, sabendo ou não.

O caso é que a ignorância podia preservar com a inalienável inocência. Ainda que outros defendessem a tese de que nunca seremos inocentes diante do porvir, ele é que se torna inocente diante de nós.

Aprumara um lugar de atendimento. O banco, próximo à amendoeira, da praça central. Num cinamomo amarrara o cavalo, com olhos-bem-te-vis. E esperto falcão lhe descansava no ombro direito. Ele tinha premonição e nós tínhamos palavra. Quando o falcão se aquietava, eram boas novas. E se revoasse, prenunciava sinais funestos.

O ancião que, em verdade, mais falava e inquiria com os olhos, do que utilizava a voz, como se fora antigo arco endurecido na aljava. Era, portanto, lacônico e direto como uma faca. E as profecias que dele emanavam eram água apurada em tina de cedro. Verifiquei que seus pés estavam engelhados, torcidos, sem unha num deles, com sandálias gastas e puídas. Onde se sobressaíam um dos dedões do pé.

Ali, quase rente, o cavalo fungava muito, como se estivesse constipado e mascava grama com avidez.

Curioso é que o ancião não deu o nome e ninguém da cidade o conhecia. Batizaram-no com a alcunha de "O Inominado", que achei preciso e o gênio de apelidar só vem do povo. E bem melhor do que não sabe.

Falei-lhe e não me respondeu nada, nem olhou para mim com certo ar de superioridade. Tinha ele acaso a cara do Destino, ou nele se disfarçara?

Quando insisti, disse: — És um escrevente da Sina. Fazes o que desejas e o que não desejas. E ela julga que é tudo e não é! Depois tartamudeou. Meus olhos se acenderam de tanto uso. E também o fiquei contemplando. E fez depois um sinal para mim. Queria que eu me achegasse, aconselhando: — Tens um amor precioso de Alma, cuida-te! Pois vocês serão perseguidos! — Por quem? — economizou na resposta e tinha vários olhos: — Pelo novo governo, que não admitirá felicidade em Assombro! É um tirano! Tentará vos matar. E a todos os felizes. Perturbei-me. Agradeci, deixei no chapéu algumas moedas e me afastei pensando nos novos acontecimentos. Vi, igualmente, o falcão revoando. E se o ancião era lacônico, comigo não fora. Se o presságio me feria até a sola dos pés, os da minha idéia se altearam entre as nuvens. E eu estava sendo entendido, de tanto entender. E meu pressentimento não ia mais terminando. Depois, em casa, contei para Tamara. E me disse: — Juntos, fica mais distante o ruim! — Precisamos de preparo — eu disse. E não sofismava. Quando virar a noite, já vamos longe!

## Capítulo Oitavo

**1**

E não se alongaram muito, os dias, quando faleceu Saari Zuridon, o engenhoso e prudente governante, amado pelo povo e que se caracterizava pela bondade e firmeza. Gerara discípulos, fazendo prosperar Assombro, ao dirimir litígios e efetuar construções de prédios modernos, com o alongamento da ferrovia e a edificação de várias pontes que favoreciam o comércio com Riopampa (reconstruído) e com Lajedo dos Pardais. Morreu durante a noite, sozinho nos seus aposentos. Não tinha mulher nem filhos. E o poder é um pardal solitário. Acharam vestígio de veneno sobre os lábios, o que era uma contradição com a doçura com que regia os governados. A verdade, mais do que boato, é a de que seu assassino era o secretário de confiança. Fui ao sepultamento, onde uma multidão acompanhara seus restos ao túmulo. Sendo o choro pela perda, breve e sufocado. O mesmo que o matou envenenado tomou o poder, logo subindo ao trono (subverteu a república em monarquia), reforçando a guarda e impondo o terror. Sem dissimular, propôs campanha infatigável e obsessiva, com ódio muito velho, contra qualquer felicidade, seja a própria, seja a dos súditos. Cumprindo-se o que dissera o profeta "Inominado", logo que sumiu com seu brioso cavalo. E o pormenor de o seu falcão escapar, quando me falava, planando sobre as árvores, agora por este inconsciente açodado, vem-me à tona. Não é em vão que meu avô me denominava, afavelmente, de "retardado no futuro". Era, isso, sim, confirmo. A figura do monarca, **Manassés Primeiro**, apareceu em muitos retratos na cidade. Tinha a cabeça longa, nariz adunco, com algo de abutre, olhos afiados e orelhas grandes de cavalo. Robusto, de estatura alta, exigindo reverencial obediência. Era ferozmente pétreo. E não se afrouxava em nenhuma complacência. Com prisões e morte aos súditos felizes. O que era evidência de loucura. Os seus soldados principiaram uma perseguição sem limites. A felicidade se tornou um abominável crime. E o povo não mais comia pão, comia ferro. E quem mastigava, mastigava era a morte.

2

O primeiro ato de **Manassés Primeiro**, depois de coordenar as forças armadas e organizar um Conselho, foi revogar o regime democrático, segundo ele — e citava Winston Churchill: "é a pior forma de governo". E ia a um conceito mais virulento, mencionando H. L. Mencken: "A democra-

cia é a arte e a ciência de administrar o circo a partir da jaula dos macacos". E Assombro se tornara um circo de atrocidades. Afirmava que haveria de expulsar corruptos e incompetentes, iniciando pelo Poder Legislativo. Mandou uma tropa e cercou a Câmara (ainda bem que não havia Senado, segundo ele: "Disso estava livre"). E sua determinação era a de que:
— Os deputados deveriam, todos eles, dedicar-se a trabalhos forçados na pedreira, ao pé da colina, usando picaretas, a fim de serem preparadas pedras de alicerce para a construção da coletividade. Os que não aceitassem, seriam fuzilados. A seguir fechou, com mão forte, o poder judiciário, que se compunha de nove magistrados, entre eles, uma mulher. Eram, a maioria, bem nascidos, entre os cinqüenta a sessenta e poucos anos, de judiciosa barriga e frases de realce, no que eram opulentos. Deviam todos ser os ilustrados coveiros, com disciplina imposta, tanto aos legisladores, quanto aos juízes, de militares armados. E receberiam pás e os instrumentos indispensáveis para o ofício de enterrar no cimo da colina, aliando-se aos que ali estavam, seguindo linhagem de família. A promessa do monarca era a de que seriam bem aparelhados. Todos serviriam, de boa paz, a reverencial Monarquia.

Um dos magistrados, André Bourbon, de altiva pose, olhos atilados, voz de tenor, corpulento, mantendo a toga, negou-se terminantemente a cumprir a ordem de Sua Majestade. Foi atado na praça central e colocado diante de um pelotão de fuzilamento. Não aceitou a venda escura que lhe ofereciam. Bradou, enérgico, diante de uma multidão que se formava: — Não vivo sem justiça nem sem liberdade! E depois se dirigiu à pessoa do Rei e citando Shakespeare (e não sei por que o bardo inglês se intromete nas desavenças ou rebeldias humanas?): — Os loucos não possuem orelhas. E esse que governa Assombro é louco e tem as orelhas muito grandes! E certeiros tiros cerraram-lhe a boca e a alma. E o irônico é que foi sepultado, magistralmente, através das pás unânimes dos colegas lá no alto do monte.

E quem não soubesse mais quem era o governante que assim assassinava, logo adivinharia o ranço de seu ódio contra a raça humana e quanto tinha, no atacar, as habilidades da serpente. E foi achado rindo sozinho no palácio depois dessa execução: — Uma lição! A tal liberdade merece ser contida e racionada, evitando os abusos da esperança.

E baixou um Decreto, apregoado em todos os domínios do reino: "A felicidade nos olhos dos outros é amarga. E deve ser arredada por ser uma forma de egoísmo que contraria a amargura geral. Além de ser monótona e abominável. Condeno aos ditos alegres e felizes à pena de prisão. Se for demasiada a ventura terá pena de morte. E apenas os defuntos, seguindo os ditames de um Mestre das rabugens de pessimismo, serão merecedores de elogio".

Sabia *O Gênio do Cosme Velho* até que ponto seria usado na sua tão dolorida e melancólica "Humanitas"? Afirmou, à boca pequena, um literato falhado, baixo e feio, Homero Prates, que mantinha ainda, apesar desse desastre geral, serões de leituras poéticas, em casa: — Pobre Machado! Deve estar se revirando no túmulo!

## 3

Depois de relatar os sucedidos a Tamara, não vacilei. Fui tomando as imediatas providências, que de Alma já as escutara em mim. Retirei o cajado de meu quintal, com anel dentro na cabeça do bordão, bem preso. E passei a usá-lo, como se a palavra deambulasse com ele. Tamara de início estranhou, por me apoiar no cajado, como se eu sofresse fraqueza na perna e deixava que assim pensasse. E num certo momento lhe disse que servia de arma. Não contestou. Conhecia-me nos dentros e era ainda intacta minha inocência. Pois amor nos apura. Fechamos as casas e nos programamos para a perseguição, quando alguns cidadãos considerados ditosos foram ceifados ou aferrolhados no cárcere. Foi então que Tamara e eu montamos em resistentes cavalos que adquirimos e pela madrugada, secretamente, amarrando neles livros, sacos de roupas, rolos de lençóis, cobertores e o cajado na andadura. E nos enfronhamos, galopantes, pela intrincada floresta de Assombro. As patas dos animais rangiam nos seixos, urzes e galhos sem reparar as colunas de formigas sobre os restolhos, em marcha. E os cardos contra os cascos eram cães endoidecidos. Ganiam. Tamara e eu íamos abrindo a trilha. Trazia um operoso facão, vibrando como corda. E um punhado de sol inflava o céu. Nos entranhávamos selva adentro, cortando a cabeça de uma cascavel com seu sino, cortando ferozmente as folhas, espinhos, sarças, avançando os cavalos sobre moitas espessas ou raízes. E talos compridos se desprendiam, grudados uns nos outros. E ao puxar a cabeça do alazão, a custo se equilibrou e nós suávamos, os pensamentos suavam no percurso. Até o dia suava com suas crinas de ouro, com rútilos reflexos, de uma vereda à outra. E foi a noite se arrastando e éramos fósforos riscando as matas. Havia cauda de floresta no labirinto da lua? Ou cauda de lua no rombo das selvas que galgávamos? Tinham mel as fartas sombras? E a escuridão era umbigo de estrelas cintilando. Léguas e léguas se estatelaram no trabuco das rédeas e selas. E ouvi de Tamara suspiros e não se falava. Galope é poliglota de infindas mudezes no tanger de joelhos esporeando. Quando a lua tinha muitas cabeças. E mais não digo, vendo o resto palmilhado, polegada a polegada, entre aves voantes, cipós que se rasgavam. E exaustos, nós e os corcéis. E o que carregávamos. Sisudos, obstinados. E apenas em sede ou fome parávamos nalgum córrego, com bocados de pão dormido nos saciando. E depois adiante. Carregando Alma e Corpo, às funduras, entre árvores humosas, rochas e ribeiros serenos. No amanhecer mais branco e brando, ainda cercados de silvos e uivos que talvez dele viessem, chegamos a um sítio protegido. E tantos galgos quilômetros, perdigueiros espaços, até nos avizinharmos de um limpo arroio, balaio engolido de águas. E vimos, contentes, vimos, enfim, uma caverna, oculta no meio de gordos troncos de mangueiras. Cansados, nós e os cavalos, em recanto propício, fomos no vagar entrando. E, entre as pedras, compunha-se um ventre, estreitado de barro e forro vegetal, com teto e fundo calcário. Então nos instalamos. Usando feixes de folhas varremos o chão. E dormimos, ao lado de um fogo aceso com gravetos, dormimos sem acabar de sono. Sem importar com a manhã ou tarde, ou o dilatar das trevas. E estava ali um canto sombrio, como o que em nós apenas lucila uma breve luz. E a luz tem funduras de muitos cavalos de força, possuindo fomes secretas. E a luz não contém as mesmas idéias que eu. Só que as profundezas são tão imperturbáveis que as idéias se somem. E não sentimos nem a rudeza do solo nem o desamparo da floresta. Sobre uma pedra, colocáramos livros, adernando, companheiros o cajado e o facão. E, entre árvores em torno, repousavam os cavalos, distraídos, pastando. E com o focinho de outro alvorecer, estávamos despertos, quando um pintassilgo penetrou em nosso ninho e tivemos a impressão de escutar dele o nome, *Olivério,* e assim o chamamos e não se assustou, habituando-se, como se há muito nos esperasse. E é lógico que, por sobrevivência, abandonei sem aviso o ofício de revisor dos arquivos municipais, agora que me fizera escriba de plantas, pássaros e árvores.

Contemplamos depois alguns peixes revoando a floresta e eram amigáveis. Outros — percebi no arroio — pequenos e ágeis. Quem sabe estivesse, entre eles, meu conhecido *Lucrécio,* pois os seres que, por vezes esquecemos, são os que nos lembram, como o que se afigura remoto, é que se torna íntimo. Porque as coisas dão voltas e nós, com elas. Desde o fim ao princípio. Sem se dar conta. E se nos déssemos conta de tudo, seríamos eternos. Ou talvez um dia o sejamos, quando as coisas nos descobrirem. Colhemos frutos selvagens, morangos. Derramavam-se ao redor, cogumelos, jaboticabas e batatas com as raízes à mostra. Rimos os dois com o prazer de habitarmos seguros. E percebíamos que o tempo era diverso, intenso, sem relógio, sem pressa, tudo durando muito. E a selva tinha olhos varando: trigueiros, verdejantes. — Tudo dura demais, aqui! — falou Tamara. E durava.

Mais recolhido, consultei *O Livro do Caminho.* Sentara-me numa rocha, onde se localizava uma clareira. E abri: "Esta é a porta do Senhor, por ela entrarão os justos" (*Salmo 118,20).* E louvei o Filho do Homem, o Deus vivo, porque nos dera a porta da rocha, esta caverna. E ventou e comemos — Tamara e eu — em veredas atrás do vento. Nós o víramos antes da escuridão e depois se elevou, afastando-se aos giros. E a roda do céu também girava e nós, parados, respirávamos o ar venturoso do mato, onde sombras imensas caminhavam. E vinha o sono e não é vazio, é sono com asas. E ficamos repletos de sonos. Sendo o que o sono não é, o que vai além, o que não se acomoda, como os que, mergulhando em sonhos, possuem outros dentro, como se no casulo, a borboleta. E amontoávamos sonhos, debaixo de nós: leite sob a vaca. E entre os sonhos, um me revolveu, em advertência divina: "Entrava na Câmara Real de **Manassés Primeiro**, como uma aranha e o escutava falando ao Comandante do Exército: — Há que caçar o revisor e sua mulher, são da ingrata raça dos felizes". E choveu lá fora da caverna e a chuva é sempre a mesma, não consegue trocar de alma. Contei para Tamara o sonho. E ela não temeu. Dizendo: — Somos perigosos. Quer dizer, nós que o amedrontamos. Debaixo da chuva repousamos, como debaixo dos sonhos. E as árvores batiam umas nas outras, em tropel de vento. E a noite piava num ramo. Nos abraçamos, Tamara e eu, sob o teto da água caindo. E choramos de felicidade, choramos enlaçados e vivos. Sob a materna escuridão.

### 4

Noutro dia, resolvemos pescar e me abaixei junto ao arroio e vi peixes deslizarem. E pequei palavra na mão de isca e lancei palavra sobre a correnteza. E a correnteza puxou a palavra e um peixe mordeu e a isca prendeu o peixe à palavra. E era também a fome e atirei palavra e o peixe comeu e escreveu na água a fome e depois a isca estava de palavra e puxei o peixe que subiu e num canto de pedra chilreou pulando. Cuidei, primeiro, de que os saltos não o tornassem à água. Depois me veio um remorso pungindo: não queria que aquele peixe fosse meu amigo *Lucrécio*. E o terceiro movimento foi lúcido, pois não era. *Lucrécio* voava e aquele não — era criatura da água. E tanto se esbateu, que morreu de míngua de água. Bati no peixe, para que não sofresse mais. E o assei no fogo e comemos. E havia palavra nele e comemos palavra e nos fartamos. E havia uma suculência: a vida é mais perto que o dia. E no amor a morte não acrescenta nada, no amor a morte não. O amor é a nossa mais amena e túmida intimidade. E amor é eternidade. E fio da meada, a palavra que vai fiando a palavra. O amor é o gênero humano e pronto.

E se está escuro, nós nos clareamos de um a outro. A treva tem muita luz no recesso. Há que saber que até o escuro é luz. Somos a nossa vida futura. O que vai longe, já está lá dentro.

É em sânscrito a leitura das estrelas? A fome está dentro de Deus. E continuamos, continuamos Deus.

E a palavra tem poderes e somos de palavra. E os dias ou as noites com Tamara e eu se confundiam. Não falei mais nos cavalos, pasciam em torno da caverna e bebiam no arroio como meninos doidos. E os avistava, erguendo a testa. E o repuxo não os arrastava para fora do vau. E patinhavam, ascendendo a ribanceira com rouco barulho, sacudindo as crinas.

Olhava os cavalos e eles me fitavam, enquanto Tamara encostara no tronco da mangueira. A água borbulhava atrás da manhã.

— Estás bem? — indaguei a Tamara, preocupado com o rumo que a vida nos transportara. E ela lia na sombra das folhas, seguindo com os olhos uma nuvem.

— Estou! — Tamara disse com voz mansa e me assentei junto ao mesmo tronco. E não me apercebi de nenhum desvio, nenhuma negrura ou irritação que fosse.

Estava, sim, tranqüila, observando o sol que parecia um boi no estábulo, um boi velho, cansado e já era o crepúsculo e a noite atrás da noite.

Nos deitamos na gruta e a gruta se deitava em nós. E a gruta era mais funda do que a gruta. Mais funda do que o céu: a outra e inefável, interminada gruta.

Sonhávamos e o sonho de um jazia noutro. Enquanto a noite mais a lua eram a dentadura de um cavalo.

## 5

Jonas Assombro, durante o sonho, foi resmungando:

"Eu comi o peixe e falo ao grande peixe que me engoliu e nadei no ventre e já tive uma mãe num imenso peixe e era sem rosto minha mãe e sou todas as coisas e amava dar pancada no abismo e comer a fome, comer o peixe e habitei o ventre daquela grande sombra e fui correndo as léguas dentro e era um ser engolido e comia o que me engolira e das profundidades bradei às profundidades e as vísceras eram uma jaula e eu comia a carne, comia a palavra e estava limpo de escamas e era pedra parada, pedra que falava na pedra do ventre e o amor me vomitou na luz o que não é luz brotava da boca do peixe e alcancei a polpa e era uma fruta noutra e matava o que me matou e **Manassés** com orelhas enormes vi: morria e eu comia a fome e fui saindo até que comi a morte e o grande peixe enfim me vomitou".

## 6

— Amor! — disse-me Tamara, o que sonhaste?
— Não tenho idéia. Só lembro que estava dentro de um grande peixe.
— Falaste sonhando. Não te havia visto assim antes.
— O que falei?
— Um delírio, roda de imagens. Não entendi a relação. Mencionaste peixe, ventre, mãe, Manassés.
— Talvez quando estava nascendo.
— O que lembro também é de **Manassés** que entrou não sei quando no sonho.
— Sim, escutei. Era como se tivesses um sonho noutro. Sou "Alma" como chamas e te conheço.
— Talvez foi o peixe que me sonhou...
— Brincas. Recordavas de tua mãe?
— Não a conheci, o pensamento sobre ela é difuso. O que recordo é que era um mar dentro do mar. E Manassés apareceu não entendo como.
— Tua mãe.
— Ela não é Manassés, mas algo dizia dela, penso que sim.
— Talvez de infância. Ela dá voltas.
— Eu te amo, Tamara e basta!
— Também. E me cobres de Alma.
— Talvez seja isso a infância?

— Sim. E o teu sonho não sabia.
— Mas eu sei chegar.
— Estavas sendo sonhado?

## 7

Depois desse diálogo de alma em alma, já no amanhecer, enquanto Tamara caminhava no círculo ao redor da caverna, atrás de um pássaro, com vento nas costas, meditei no meu sonho e como a figura e o nome de **Manassés Primeiro** e suas orelhas eqüinas nele apareceu. Era Destino? Ou algum sinal que se enunciava? Peguei palavra e tempo nas idéias, a fim de me elucidar. E a única coisa que não terminava naquele delírio era a infância. E quando se deixa de pensar é como se fosse se desmanchando um pêssego por fora e dentro ficasse o incômodo caroço. E me lembrei que fome e peixe iam juntos. E fome é palavra que não sai do corpo e nem tampouco da alma. Que fome teríamos — tão grande — que não se sacia?

E no dia seguinte escondemos os cavalos no fundo da caverna, por escutarmos ruídos crescentes na floresta. Pusemos uma pedra grande na boca da gruta e ali nos encolhemos como na barriga materna.

Era tudo silêncio, como se uma soturna vacuidade pelo tronco nos açoitasse. Tínhamos frutos e água, tínhamos um ao outro e o tempo lá fora peregrinando, perseguido como nós e tantos outros, e Assombro tornado em pesadelo. Pois até os inditosos por erro de juízo amontoavam as prisões ou as tumbas.

E soube mais tarde que a colina que tocava o céu ficou abarrotada de defuntos. O que denotava que não precisavam de muito espaço ou distância para alcançá-lo.

— Por que afinal não eram todos sepultados no céu? — indagou um compositor de violino, de poucos conhecido, para seu bem, um tal de Bruno Jardim.

É que o céu, na verdade, era o fundo da terra desses mortos e ninguém mais cogitou na freqüência com que no píncaro daquela colina a noite pousava. E nem relva cresceu mais ali, nem flores, nem voejar de andorinhas.

## Capítulo Nono

### 1

**Manassés Primeiro** estava tomado de loucura. Trancara-se na sala do trono e falava com as paredes e não sabia o que fazer mais com seu poder ilimitado. E às vezes gritava tão alto, que os guardas palacianos o escutavam. E essa demência, que não era vigiada, vinha de alguém que se vingava da falta dos pais e da desditosa infância. Autodidata da ambição, não sendo jamais feliz, traído de todos os lados, desde a meninice, achava agora que a felicidade alheia lhe era um acinte. E seu reino se absorvia numa infecunda desventura.

O centro de Assombro, antes ensolarado, tornara-se sombrio. E os sombrios cidadãos andavam como vultos sem rosto. Corvos crocitavam nos fios de iluminação e planavam pelas árvores. Como se quisessem comunicar-se com os humanos. E dominavam o horizonte com bicos furiosos. Por farejarem algo tenebroso. E talvez fosse o pavor e o medo. Os templos religiosos encerrados, os altares destruídos, universidades vazias e os cupins mais industriosos do que nunca.

A memória envelhecera de memória e um mecanismo suspeito abalava o universo. O único feliz com os sucedidos era o Destino. E, ao recordar, despertei o garoto curioso que fui, o que gostava de magicar com as palavras e fazê-las felizes. Quando então conferia os dicionários, sofria a indulgência sorridente dos adultos.

E houve, aliás, uma determinação expressa do Monarca ao mosteiro agostiniano e aos seus bibliotecários, que fosse suprimida de todos os Dicionários, até os mais antigos, duas palavras tendenciosas, carregadas de periculosidade: *felicidade* e *alegria*. E para que mantivessem suas sapientes cabeças sobre os ombros todos obedeceram.

Mas nem tudo o que sucede se justifica logicamente e nem é preciso apontar culpa às estrelas. Com os homens abatidos, as coisas também se abatiam por simbiose misteriosa. E algumas deixavam sabidamente de funcionar, infestadas de abulia. Motores de automóveis e ônibus enguiçavam. Até os carros oficiais e os não oficiosos. Elevadores manhosamente paravam sem explicação mecânica e os relógios cessaram de correr.

De repente, casas começaram a tomar umidade, mofo, musgos, heras que se alastravam pelas portas, muros, paredes e janelas.

E por três dias sucessivos o sol não brilhou e Assombro se foi povoando de escuridão, como se tivesse havido uma ruptura nas esferas celestes.

**Manassés Primeiro** se debruçava sobre um mapa da cidade, sob a luz de velas e examinava os pontos — e os marcava em cruz — para a sua perseguição desatinada.

Ganhou o apelido, às ocultas, de **Calígula de Assombro**, com a diferença de que o romano, embora de igual modo demente, não tinha as orelhas grandes de cavalo nem o seu queixo comprido. Faltando-lhe somente galopar com as quatro patas, como um deles. Motivando a que Ferdinand Céline, historiador deste tempo, advirta que "o homem acaba onde começa o louco".

E uma ordem de prisão foi expedida contra mim e Tamara, para o bem da segurança pública.

Nada descobriram sobre o nosso sumiço e nada acharam nas casas. E assim se deu outros funcionários que não possuíam paradeiro conhecido. E só o fato de tal acontecer, apesar dos empenhos extremos, indignava o rei e o atormentava com um perverso espírito. Podendo no poder um só louco produzir muitos loucos.

## 2

Nós, na floresta, tínhamos caça abundante, pesca, frutos e esquecêramos os pesares, ainda que soldados de **Manassés Primeiro** rondassem a caverna que nos abrigava.

Pus-me a espreitar os javalis e as cabras-monteses e a alguns matei para alimento. A fome não sabia de nós e nem nós sabíamos da fome.

Organizei com pedras uma assadeira debaixo de um ramo de aveleira, para evitar o enfumaçar da gruta, passando Tamara e eu, duro frio, sol ardoroso, chuva e amiúde, a companhia do vento.

E exploramos, a cavalo, mais além, até os limites da floresta, entre cobras e bichos. Quando ia caçar algum gamo, Tamara pedia piedade por ele e o deixava ir, aflando velocidades. E quem do perigo foge, ganha vento.

## 3

Toda a descrição que fiz do que acontecia em Assombro e do seu rei endoidecido foi confirmada numa saída minha, com cajado à mão, aconselhando que Tamara tomasse cautela, não se arredando da caverna.

Tornei-me invisível, pondo no dedo o anel e sacando a fidalga palavra.

Foi assim que vi todas as calamidades sem ser visto. Planei sobre o povo e senti sua revolta e amargura, levitei na praça sobre os que caminhavam de cabeça baixa e cansados pés, viajei sobre o enterro de tantos na colina, com os coveiros juízes, de olhar malogrado, sob os vigilantes guardas, assisti o estrépito das picaretas de vários e eloqüentes legisladores, rasgando pedreiras, com as testas suadas e conformadas. Ouvi os gritos e ordens de **Manassés Primeiro**, trevoso no palácio. E observei o que não disse: a existência de um foco de insurreição se armando.

E um fato tortuoso. As orelhas grandes de cavalo do Monarca estavam ainda maiores e o seu aspecto se escurecera, com órbitas de pedra, esvaziadas. E dizia a um dos integrantes do Conselho de seu reino, dos mais pérfidos: — O ódio torna as pessoas mais infortunadas e inteligentes. E falou isso, dando-lhe um empurrão tão violento que o fez cair a seus pés. Afiançando: — Nada me consola! Falta mais sangue!

O Conselheiro se ergueu mansamente, assustado e se firmou contra a parede da sala. E **Manassés** prosseguiu: — Os que matamos estão nos cercando! Eu os vejo! Sentando-se no trono, com um manto escarlate e obsceno: — A solidão é feita de ranger de dentes, sangue, sangue, tortura, ameaça e terror...

Não contente, voltou-se de novo a seu Conselheiro fidelíssimo: — Sou acaso um tirano? Estou cego de loucura? Dize-me, quero ouvir!

— Não, ó Rei. O povo é estúpido e precisa ser acordado!

— Mas não respeito a vida humana...

— Tem gente que não merece viver. E Vossa Majestade é tão justo! Sim, sobretudo os felizes! Atraem maldição! "O adulado é digno do adulador" e o adulador, ainda mais do adulado. E diante da pergunta do Monarca: — O que restará do reino, com os que executamos?

Veio a pronta — resposta que **Manassés** desejava escutar: — Restarão os duros, os impiedosos, os amargos, os insensíveis. É a raça dos que sobrevivem! E quanto mais terror, mais segurança...

— É verdade! — assentiu o Rei. Mas às vezes acho que até o céu, a lua, as estrelas parecem estar contra mim. E concluiu, ansioso: — Eu quero o sol, a lua! — Vou tentar ao menos pegar a lua — sussurrou o Conselheiro e reverente se afastou.

E ouvi de **Manassés** sozinho, reclinando-se de lado no trono, como **Calígula**, o Outro, este brado, que soava igual um uivo tormentoso: — "Os homens morrem e não são felizes!"

Era como se houvesse alcançado o auge, o fogo frio de toda a infelicidade possível. E como um Dragão de carvões ardentes nos olhos, com orelhas imensas, aquele Rei nada tinha de gênero humano.

Dois caroços nasceram-lhe na fronte, iguais a cornos. E o queixo se encompridara mais, escamoso e serpenteante. Cuspia chispas de fogo e veneno na fala.

Decidi com palavra enfrentá-lo, Mas não era o momento. Aguardaria que o mal fosse tamanho, que já principiasse a corroê-lo. E nada é mais corrosivo do que a própria e fatal infelicidade.

O vazio, de tão vasto, esmaga. E a liberdade não lhe agrada mais. Cobre-lhe o peso de todo o infortúnio humano.

## 4

Percebi que o Rei tirano, ao assassinar aleatoriamente os súditos, começou a ter medo do medo que expandia. E matava, querendo matar, talvez, a própria morte. E ela se mostrava satisfeita, enquanto não o visse, face a face.

E vêm-me os versos de Bertold Brecht, que já esteve anos atrás, numa excursão teatral pela cidade:

"Reinos desmoronam. Chefes de bandos
Andam como estadistas (...)
Compreensivo observo
As veias dilatadas da fronte, indicando
Como é cansativo ser mau".

**Manassés Primeiro** convocou a uma audiência, o famoso filósofo e sobrevivente, Eduardo de Rosigni, que propusera, em doutrina peremptória (e talvez todas a sejam), ser o povo o fazedor da elite. E o Rei indagou a ele, trêmulo, desde a cabeça grande aos pés, se ainda existia elite, porque a dita classe média se avariara. E se ainda existia povo. Rosigni ficou cogitando, atrás de suas borboleteantes idéias e nenhuma lhe bateu no colete aveludado, ou na testa desataviada. Porque todas as classes sucumbiram, umas nas outras. E nem podia kantianamente se alçar com o tal imperativo categórico moral, porque o único e vicejante era o do poder. Então gaguejou num monte de vocábulos e foi despejando outro monte ainda maior, para esconder neles e substituir as idéias tão escassas. E teve pânico de perder sua formosa cabeça. Mas lhe sobrou manejar a vaidade do soberano, recurvando-se ao chão e brandindo: — Vossa Alteza nos honrou com uma nova e valiosa elite!

Há muito não se via **Manassés Primeiro**, *O Poderoso*, sorrir com mais encanto. Estaria conhecendo alguma felicidade? E o designou como um dos seus Conselheiros, o que Eduardo de Rosigni engoliu a seco, com enguiço digestivo, desonrando no palácio a respeitabilidade obtida nos meios universitários. E pensou, sim, mais forte em continuar sobrevivendo, pois nem a honra, nem a elite mereciam sua eloqüente cabeça e o prestimoso pescoço, que eram o próprio ovo filosofal. Nem jamais lhe haveriam de conceder palmos a mais de vida. Sendo pouco atento à imortalidade, talvez por não ter nunca acreditado nela, muito menos a imortalidade — tão soberba — dar-lhe-ia preito. E recordei de outros versos brechtianos. Martelam-me, incisivos:

"Vocês que emergirão do dilúvio
Em que afundamos
Pensem
Quando falarem de nossas fraquezas
Também nos tempos negros
De que escaparam".

O certo é que Rosigni não sabia mais como equilibrar o que sustentou em sua doutrina e o que propôs diante do Monarca. Ou era a ferida, ou a cicatriz que o feriam. Ou nada. Porque apenas desperdiçava pensamentos. Correndo o risco de ser por eles cobrado.

## 5

Impressionante foi o encontro entre o **Calígula de Assombro** e o arguto *profeta* ***Inominado***, com sua velhice conquistada, catado em Lajedo dos Pardais, sob promessa de recompensa em ouro, caso comparecesse, por hábeis mensageiros, obedecendo a voraz curiosidade do Rei. E chegou montado em seu honorável cavalo, com o sibilino falcão às costas. Ouvira falar de seus prenúncios e não foi fácil ser achado. Ao lhe perguntarem se aceitava a incumbência, disse logo:
— Responderei ao Monarca.

E assim compareceu diante do suntuoso **Manassés Primeiro**, não deixando de ser lacônico, como sempre. Nem dando muita importância às ditas sublimidades reais. Perguntado, não se curvou e era a sala do trono. Todos se espantaram por isso. Postando-se a seu lado o Conselheiro, que em malignidade superava a todos, e que antes desse relato foi empurrado pelo tirano e se dobrara, servilmente, diante dele. Seu nome, Artécio, de barba tratada, alto, olhos crocitantes e guardando íntima indignação pela auto-suficiência do profeta, sua ignóbil liberdade, com boca comprimida, sob os navalhosos dentes. Passou quieto, sem perder nenhum movimento do que acontecia. Se houvesse um ato falho, atacaria.

E antes até que o **Inominado** ao rei falasse, o falcão adernado sobre o ombro, num lance brusco, abandonou o profeta e sobrevoou a sala do palácio e invadiu outras. No silêncio geral, **Manassés Primeiro** inquiriu o visitante, prometendo-lhe em troca das respostas um quinhão de ouro. E não abusava da costumeira petulância, nem sobranceiro se mostrou, como se estivesse diante da pessoa do Destino.

E assim lhe indagou, fixando com seu olhar frio, gélido na agudeza de metal do profeta: — Pode dizer-me porque ocupei este trono de Assombro?

E a resposta foi certeira: — O poder serve ao poder! **Manassés** não entendeu bem e insistiu, para que pormenorizasse.

— Alteza, quis manifestar que o poder deve ser dado a homens dignos. E o Rei considerou elogio, porque ninguém, aos seus próprios olhos, era mais digno. E se endireitando no assento, mostrou-se agradado.

— Muito grato. Bem vejo que sua sabedoria tem a fama que alcançou. Pode alguém ameaçar-me o reino?

— O profeta viu tudo muito claro, inclusive o fim daquele trono, mas não quis selar sua própria sentença, quando era a do Rei que pendia no ar, como uma espada. E ponderou, pausadamente, para que todos ouvissem:

— Nenhum ser que seja apenas visível, há de tomar-lhe o trono. **Manassés Primeiro,** *O Poderoso*, deu-se por contente. E mandou recompensar o profeta. Seus olhos cintilavam de euforia. E os súditos o saudaram.

Artécio, o Conselheiro, de forma diversa do Rei, quando partiu o profeta, deteve-se na expressão "nenhum ser que seja apenas visível" e não entendeu. Por que todos são visíveis, corpóreos e haveria alguém que não o fosse? — Impossível! — Cogitou. E foi deixando apagarem-se tais pensamentos e coragem lhe faltava para desnudá-los diante do Monarca. Estava, sim, preocupado é com alguns cidadãos perigosos que não tinham sido ainda capturados, entre eles, eu, o conhecido escriba e revisor, e Tamara. Os intelectuais causam certo estupor ao poder. E ali a inteligência estava no exílio. Ou apenas "enfiara a sua cabeça na terra". Poderão dela brotar alfaces, tomates, batatas?

E os versos de Brecht me atordoaram, de tão reais:

"Que tempos são esses, em que
falar de árvores é quase um crime.
Pois implica silenciar sobre tantas barbaridades?"

O que assisti, voltando à caverna, contei à Tamara, explicando-lhe a minha ausência de alguns dias. E ela: — Como soubeste de tudo isso? — Sou invisível! — brinquei. E ela se riu, desacreditando.

## 6

Quando saíra da gruta para tomar sol e ouvir os pássaros, sobretudo o pintassilgo "Olivério", que tantas vezes nos visitava, cordialíssimo, sem que ninguém visse, escondi o anel sob a cabeça do cajado e o cobri com palavra, lacrando-o no seu bojo. E nem minha sombra contemplou, por ser até ela perigosa. Porque a sombra tem voltas e o silêncio não. E por gostar do corpo de Tamara, gostava também de sua alma, gostava do corpo que me dava de alma. Gostava da alma toda feita corpo. E na relva nos estendemos, igual às águas, uma conversando com a outra. Até o sol ficar sabendo que também rolávamos nele, de raio em raio.

E se entardecia, víamos pombas em bando voando da cacimba de água. E horas se dilatavam, por não carecerem de relógios.

É lógico que, enquanto visível, viajei pela floresta a cavalo, cuidando de não ser capturado e foi como voltei. E assim desapareceria diante de Tamara sem contar-lhe sobre o anel. E se lhe contasse e ela cresse, seria a morte. Ao apear do cavalo, em Assombro, pelos escondidos agi. E tem razão Goethe: "Aquilo que o homem não compreende, o homem não o possui". Assim cogitei sobre as palavras que escutei do profeta **Inominado** diante do Rei. Nem Tamara entendeu de como tomei conhecimento de tudo e bastava-lhe saber, tal se eu houvesse tido notícias por outros, quando ouvira, invisível, todos os acontecidos. Bastava-lhe saber, não entrando jamais no "quarto de hora em que se mantém o arco-íris". Sim, o arco-íris é o espaço do segredo.

Se desde a meninice, tive a arte — não divulgada — de falar com as aves, elas continuavam a falar comigo, entre os trinados. E apareceu-me de novo o pintassilgo "Olivério" — o que me associou à figura do peixe voador, "Lucrécio", que nunca mais vi. E na avivada conversa subiu sobre a nossa cama, ali na caverna. Observando que estava sozinho e era prudente, me disse: — Chegou o tempo de voltar a Assombro e a liberdade vem. Indaguei-lhe a forma. E respondeu, pousando graciosamente no meu braço direito: — Com o corpo em alma! Saberia de meu segredo? Não, era coisa dos arcanos. Alçou-se depois veloz para o alto da mangueira, quando chegava Tamara. E era um enigma que Tamara não entendeu, quando lhe contei que, breve, retornaríamos às nossas casas, porque a liberdade estava com pressa. Olhou de lado com tristeza e isso me pungiu. E eu estava sob palavra, mais essencial que o anel ou a vida. E insisti com Tamara: — O "Olivério" mencionou que devo tornar-me invisível, ficando em alma. Ela me achou jocoso e riu alto. Descobrira em mim, desde o começo, esse perfil hilariante. E me estreitou nos braços e ali me acomodei, como no adro junto à cisterna de lua. E persisti contando, já que tudo se tornara risível e não havia mais realidade e o sigilo estava resguardado: — O pássaro me disse que, estando invisível, libertarei Assombro do jugo deste Rei demente... Dou louvor ao Céu — sussurrei (no íntimo). Vive-se de muito ver. E sorridente, acresci: — Se for preciso, por amor a essa liberdade eu levitarei no invisível, como um pássaro. Tamara não riu mais, nem compreendeu. Talvez intuísse que eu tivesse alguma ave dentro. O amor não inventa, já é verdade. E foi no anoitecer que uma onça nos atacou. Tinha ferocidades. Protegi Tamara com o corpo e a consegui desviar do bote, num eito de segundos. Chocou-se de encontro à mangueira e foi quando determinei com palavra e risquei veloz na brisa o círculo. E trovoou e o felino atiçoso ficou cativo no círculo. Pedi que Tamara se refugiasse na caverna e com meu afeiçoado facão varei-lhe o peito que rugia. E tombou. A pele nos serviu e os restos joguei mais além, bem longe, aos corvos. E o rosto então de Tamara se alumiava e vira esse poder que, de palavra, me fora dado. É de não entender que entendemos tudo? E críamos no Deus vivo e sabíamos que nos cercavam sinais. E os sonhos seguem outros sonhos e giram em suas órbitas.

E o arroio era constantemente novo e nadávamos nus. E era mais nua do que nós a água. Mais se avivavam as eras, quanto mais tardas as justiças. E o que tem o amor com o juízo, embora as noites sejam muitas águas?

Bem servida de fábulas é a floresta, com elo ancestral de árvores e o esconderijo limoso dos mitos. Nem Tamara nem eu fingimos a verdade e não é a verdade que nos finge?

E se principiou a desconfiança de eu ter ave dentro e nada fingi, nem enganei. E ela ficava tateando sem fiança na esfera dos milagres, sendo a praticidade sua força. E como patriota, empenhara-me contra a situação nefasta de Assombro e o malefício já transbordara no esgotamento. E as profecias só são verdadeiras quando se cumprem.

E ao mergulhar no *Livro do Caminho,* pedi a Deus um sinal. Não me foi suficiente a visita de "Olivério", o pintassilgo, ainda que me viesse o completo entendimento. Não podíamos arriscar. E ali nos defendíamos das buscas dos soldados, quando avançavam até os confins da floresta, até cansarem. E sabia que os sonhos se agarravam ao tronco das árvores, até se prolongarem no sonho de um a outro. E o curioso é que via o sonho de Tamara e ela, o meu. Talvez por termos em comum a alma? E os sonhos nos tornam definitivos. E éramos definitivos como a lua e o sol? Calei.

# 7

Escreveu Isaac Singer que "do berço à tumba o homem só pensa no prazer... E ele domina sua vida e o universo inteiro". Espinosa diz que Deus nos deu atributos conhecidos por nós — pensamento e expressão. Absorvi, não sei onde, tudo isso. Mas digo que Deus é prazer. E se prazer é um atributo, então deve conter modos infinitos. Isso significa que devem existir miríades de prazeres ignotos, ainda a serem decifrados. E era o que, aos poucos, desvendávamos e quando nos enlaçávamos em gemidos, era como um arrulhar de pombas emigrando pelo céu. E eram modos infinitos, em que nos desdobrávamos. E íamos deitados, com almas que se amam, assistíamos também os corpos ao sabor das almas. Pois íamos nos almando.

Mal dormi aquela noite, por ouvirmos barulho de cascos de cavalos, depois vozes tamborilaram na rocha e eram próximas. Soavam como cordas de chão batido aos solavancos. E mais me atentou a voz que escutei no sonho e me dizia para procurar um tal de Olivério na cidade. Olivério o pássaro e agora o homem? Não raciocinava, peguei o cajado no fundo da gruta, enquanto bela era Tamara no sonho. Escrevi um bilhete, para que não se preocupasse, cuidando-se e logo voltaria. Concluindo: "Amada Alma, vou seguir pela floresta até Assombro. Não sai, por favor, de nosso recanto!" E depois que os ruídos cessaram e eram muitas patas, como muitas rodas, afastei-me na garupa de um dos cavalos, com o cajado encilhado, firme, na montaria. Ao acordar, Tamara deu-se conta de minha saída, com a falta de um dos corcéis. E se apaziguou. Mais ainda ao ver deslizarem, cristalinas, as águas do arroio e não resistiu, pôs-se a nadar nele, flutuando. Ao mover os delicados braços que reboavam como fios sonoros de harpa aprumou-se na flor de uma palavra que cresceu e então me imitou, riscando um círculo na brisa, quando afirmou querer voar, estendendo a mesma palavra com a mão. E os pássaros desceram para comer palavra que puxava a fome e a fome puxava palavra. E ela se viu rodeada de passarinhos e sentia-se voando com eles.

Tinha tantos pássaros na alma que nem entendeu. E as cigarras se revezavam nos cânticos. E Tamara então se deu conta do maravilhoso: uma parte dela planava com as aves e tomou mais palavra ainda e disse que almejava voar inteira, sem percalços. E começou a acompanhar uma cítara de aves, desenhada pelos vôos no espaço. E não se viu mais humana, tomara uma natureza estelar ou de imponderáveis asas que ruflavam em surdina. E assim subiu acima da floresta, viu seus riachos e rios, rápidos animais transitando. Podia, sim, levitar. No visível. Enquanto eu galopava no cavalo, até as cercanias de Assombro, como se tivesse atrás a minha sombra. Numa sebe, apeei do corcel e dei ordem de palavra para não se arredar, amparando-me no cajado, sem atrair a atenção. E soube por um campônio que cavava com uma pá, tendo sementes no avental, que Olivério era seu conhecido. E teve a presteza de levar-me até ele. Morava num casebre de madeira, com telhas de zinco, pintada de azul, sob uma grande árvore. E era altíssimo, quase um gigante, com frases medidas, olhos bem traçados, com algo de águia em vôo, revelando certa cultura, corpo de atleta, forjado por constantes exercícios (soube que se exercitava, cortando madeira) e uma cicatriz no ombro direito (disseram-me ter sido um golpe de faca, em luta). Usava uma camisa branca, de mangas curtas. — Olivério? — Perguntei-lhe para ter certeza. — Ao dispor —, respondeu seco. Falei-lhe do sonho que tive e ele falou do seu. Coincidiam. Referi ao aviso do pintassilgo que tinha seu nome. — Não entendi muito, mas obedeço aos sinais! — acresci. Ele sorriu, satisfeito. Tinha boca de trompetista. Musical, com as pupilas azuis dos botões em sua camisa. As mãos fortes e grandes, veias grossas. De rosto esbelto. Em efígie, podia ser a de um príncipe. Falei-lhe sobre as calamidades, o morticínio de tantos. E eu era escriba e revisor — adiantei-lhe. E tal Rei não tinha destino mais algum; era preciso congregar as forças vivas que se tornaram menores que as mortas contra o **Calígula de Assombro.** Rindo de novo, concordou. Preparara já munição e muitos homens à espera de seu chamado. Disse-me das reuniões secretas no porão de sua casa, por causa das hostes do tirano. Eu me prontifiquei — não lhe contei o modo — de penetrar, sem ruído, no palácio e destruir nosso inimigo. Mas era preciso que houvesse, logo após, o domínio e a vitória sobre os guardas e remanescentes do regime. E alguém necessitava avisá-lo do momento em que devia avançar. No ínterim, deparou com meu cajado na mão e estranhou, sem deixar de elogiar a beleza de seu ornato. Foi quando reapareceu o companheiro pintassilgo que me aguardaria sobre uma das castanheiras nas portas do palácio. Despedi-me. E ao me ver absolutamente sozinho, coloquei o anel e ajuntei palavra e tive a cautela de ocultar o cajado numa sebe alta, perto de onde pastava meu cavalo. Tornando-me invisível, percebi que havia movimento na casa de Olivério e a tudo assisti, junto ao muro de pedra. Ouvi a senha: "O Dragão!" e eram vinte e podiam com facilidade serem duzentos ou mais, segundo escutei — um deles afiançar, tranqüilo. Acrescentando: — A revolta já se propagou por todos os cantos... Só não tomou voz... E Olivério naquela reunião aconselhou, quando os olhos o cercaram: — A corda vai rebentar! E Alemão (não sei se nome ou alcunha — foi assim chamado), o mais bruto, reagiu, pondo a mão na saliência da mesa: — A corda apenas rebenta, se for puxada! E estaremos prontos? Os semblantes — eu vi — se astuciavam, cuidando cada gesto. E lá fora pelo relincho, soube que se albergaram vários cavalos. E Pedro Tarão, que tinha o apelido de "Tava", considerado o melhor atirador de todos, treinado na elite do exército, apenas olhou e mal se continha. E admirei como a carismática e suave Zélia Zunque (escutei esse nome) acalmou os ânimos.

E João Carvalhal (ouvi quando o saudaram), com aparência de uns cinqüenta anos, saudável como um sicômoro, de olhos pequenos, corpo grande. Reparei: não usava sapatos e os pés eram sola de couro de terra, tal se descalço fosse dono de si mesmo. Velho camarada — o que dava a entender pela intimidade. Musculoso e peito de granito. Soube mais tarde, que não podia ver ninguém passar fome perto, como se lhe doesse o pão que a outro faltasse. Na raiva, possuía o apelido de "Tanque". Pertinaz, catava os movimentos dos rostos, decifrando.

No fundo da parede do porão, junto à janela, o mais idoso, com pupilas de aço, era o tal de Arturo Gafra, "O Coxo", que observava, sem deixar nada fora. Circunspecto. Segundo dois integrantes da reunião que o enalteceram — afamara-se em nunca extraviar o roçar de perdiz, cobra, onça ou pegadas humanas. Tinha a marca de um "v" na fronte enrugada. Brincava com ela: — É o "v" da vitória que nos acompanha! Em dia de chuva, a perna coxa — era sabido — causava-lhe incômodo, como se um espinho o picasse. Caçador, nenhuma presa lhe escapulia. De pontaria avisada, era utilíssimo em rastrear inimigos, muito achegado ao chefe, quase irmão. Quando todos se assentaram nas cadeiras, Olivério falou com autoridade: — Recebi a advertência de alguém que nos será muito útil. — Quem? Indagaram. — Não direi agora e nem cabe. Iniciará o ataque, é de confiança. — A hora então se avizinha! — alertou Pedro Tarão, de cara fechada, que adivinhei no caminhar de pernas abertas e gestos alargados, um coração de menino. A casa toda se aninhara sob a árvore, como uma coruja, imóvel, debaixo da noite.

## 8

No círculo de companheiros tavolares, Olivério continuou omitindo quem tomaria a dianteira do ataque fatal, mas não escondeu de que o aviso seria através do pintassilgo, que carregava o seu nome, ponto inicial da grande investida.

— Um passarinho? Confias nele? — interrogou, duvidando, João Carvalhal: — Sim! — respondeu, seguro. — Como nos homens? — Bem mais! É fiel, igual a um cãozinho. Com a diferença de que não anda, voa. E adiantou-se Pedro Tarão, quase menineiro: — Sim, também eu confio. Num chilrear sei de tudo. E Olivério assentiu, completando: —

Ele é bem entendido esse pintassilgo. Vocês já o viram nos cercando. Não lembram? Basta-me como sinal seu gorjeio!

## 9

Arturo Grafa, O *Coxo,* captou pegadas de homens no limiar da floresta, avisando ao chefe:

— Alguns soldados passaram por ali, vê a marca dos cavalos! — Sim, é preciso observá-los atrás daquela rocha — sugeriu Olivério, apontando o lugar com o dedo. E Guilherme, *O Osso,* de olhos oblíquos e loiro, com magreza de pedra, advertiu: — Olha a fumaça! — Onde? — indagou o comandante, atento. — Vem da floresta. Uma fogueira. — Vamos avançar e ver o que está sucedendo! — Quatro soldados, com suas fardas, descansam em torno do fogo, com os cavalos ao lado. — Prudência! — falou Olivério. Não é ainda tempo de atacá-los. — Sim, devemos nos recolher para não dar na vista — aventou Guilherme, arrastando-se sob uma moita. E ali chegaram, cuidadosos, o Alemão, Zélia e outros. Esperando o aviso do pássaro, para a investida geral. Já haviam reunido as armas. E aí veio a observação de Guilherme, perspicaz: — Este tal pássaro sempre nos segue, é um dos nossos! — É. Conheço seu roçar nos ramos — acrescentou Arturo, *O Coxo,* afamado rastreador. — Ele surgiu da infância — aventou Zélia, com vocação fabulista — é um pássaro eterno. — Não sei se adveio da infância — sussurrou Olivério. Mas deve voar com muitas asas. — Muitas? — perguntou Alemão, admirado. — Tem os nossos sonhos — assegurou Olivério. Guarda-os no bico.

# 10

Cumpri o prometido e lá fui subindo, invisível, a escadaria do palácio, empurrei a porta de ferro da Sala do Trono, como se um vento poderoso a empurrasse. Era cedo e o Rei ali não se achava. Entrei devagar na Câmara do Leito, e dormia com lençóis de fino linho. E primeiro vislumbrei a orelha grande de cavalo, depois os cornos e o resto da cavilosa e comprida cara. Ali mesmo, na cama larga, com dossel, risquei o círculo no soalho, desenhando-o com a mão e bradei a terrível palavra, capaz de mover o firmamento e ele ali se deslocou como um bólide. E vi, sim, vi cerrar-se o círculo, ao redor de **Manassés Primeiro**, o atormentado tirano. Era um nada dentro de nada, com os olhos atordoados, agitando-se como peixes num aquário. E a voz não saía, não. Ao seu lado jazia uma espada de castíssimo ouro. Tomei-a e, num golpe, cortei sua cabeça e ventava. E corte e sangue ia jorrando no lençol. E fui cortando até sua sombra. Implacável, mais cortaria a cabeça do sol se afrontasse Assombro. E não havia eternidade, **Manassés** só tinha sangue, sangue e morte. Na jaula do círculo como fera dizimada. E vi que aquele corpo tinha fogo e se esbraseava, e ia ficando cinza. Suspendi a palavra e me escapei por onde entrara, enquanto guardas no corredor andavam sonolentos, quase sonâmbulos. E toquei no capacete de um deles, nem tugiu.

Lá fora diante da castanheira, chamei o pintassilgo e disse:
— A liberdade já começou, morreu o trono! E se foi pelos ares e aguardei, minucioso, a manhã. Estava úmida e o Destino pela primeira vez alegre.

Depois chegaram muitos com revólveres, espingardas, fuzis, até o trovoar das metralhadoras, com Olivério à frente. Sim, aqueles homens sombrios eram picados de coragem como por montes de formigas, acostumados aos riachos, ao monte, à relva e às pedras. As armas fumegavam e as víboras balas. Alguns sangravam. E o Alemão, que estava morto, ainda combatia. Zélia com grilos se acendendo no fuzil e tão miúdos vão destroçando guardas. João Carvalhal descalço tem solas de pontaria em muitos pés de mortos. Guilherme, *O Osso,* atira facas e não erra, graças à militância circense. Arturo, *o Coxo,* anda bem nos tiros de espingarda que vão furando as fardas cambaleantes. Todos continuavam disparando. Olhos de fogo as armas tossem. E os corpos dos soldados atingidos, inumeráveis. Rolam. Com berros ainda presos na garganta. E a surpresa aumentou o estrago, não havendo choro na pistola. Animais, os homens no fuzil e era animal, a noite. E a revolta foi tomando as vias públicas, a praça, o palácio e até os mortos também se levantaram. Pois alguns foram vistos de arma em punho, o que não foi provado. E quando não há força para acariciar é que se mata?

## 11

Rubros leões na avalanche. Sem solda entre as fileiras, desprevenidos soldados reais debandam. Como se lebres, ou cervos, ou lobos já solitários na dizimada alcatéia. E os que não fogem empilham-se de costas e outros, de bruços, cavados de bala.

— Firmes, avancem! — brada Olivério e os seus homens preferem morrer ao recuo na batalha. Preferem matar e vão derrubando as colunas armadas.

— Mirem, disparem! Olivério ditava, na medida em que também investia. E corpos vão-se afogando de sangue. E a morte se enferrujando, com ferro todo puído.

Donde e quando brotava este grito vermelho? E eram vermelhas as ruas, vermelhas as turvas escadas do negro palácio. Vermelha a emboscada dos guardas. Todos falavam vermelho. Mordendo a escarlate língua de balas. Vermelha a noite. E vermelhas as estrelas.

## 12

Nenhum dos tais Conselheiros subsistiu, capturados, um a um, como raposas nas mansões. E não podiam conter a multidão dos vivos. O mais temível dos Conselheiros, Atércio, quis piedade e a faca, que é fria e surda, feriu-o no centro do peito e se estrebuchou desgovernado e há muito perdera alma.

A ordem de Olivério foi a de que todos esses maldazes fossem sepultados numa cova grande e profunda, para que nenhum vazasse da terra. E também qualquer traço se desfez como na água não sobra nem chapéu, ou vinco de ali dormirem náufragos. Só Eduardo de Rosigni, de casa modesta, viu-se poupado, por estar recolhido na biblioteca, longe desses eventos, certo de que a filosofia não se mata, nem os erros dos filósofos, por maiores que sejam, não passando de vítimas casuais do tempo. Nunca mais faltou sol em Assombro e as fábulas se amontoaram na fala do povo. E nem era preciso contar as estações, quando elas eram tão precisas. E o imaginário aflorou com acontecidos inesperados: o vagar de fantasmas a esmo pelas ruas. E tal caso, mais informado, digo que só um habitante viu, passando a sofrer de insônia tão pesada, que o mantinha em mente acesa todas as noites. Seu nome, Gerialdo, já velho, com um corpanzil respeitável, de gordas carnes, dando a impressão de não carecer de sono e afirmava, a uns e outros, que era perseguido de alucinações. Contudo, sem sonho, e sempre com fome, com refeições em várias horas do dia, acabou entrando nos 150 anos, ainda lúcido. E ao cerrar os olhos, fê-lo sem dor alguma ou mágoa, como se enfim tivesse que dormir, recuperando todos os sonos que deixara para trás, como se fosse galardoado de pecúlio *post-mortem*. E como foi enterrado junto ao ulmeiro de sua infância, segundo pedido do próprio defunto, ao sumir na terra, não sei quantas infâncias lhe subiram terra acima, sob a forma de outro pé, agora miúdo, também de um ulmeiro, crescido ao lado, de cujas folhas, graças ao chá que Ernestina, diligente costureira e vizinha, teve a idéia de experimentar, cozinhando algumas. E daí vinham curas espantosas. As tais folhas do ulmeiro eram capazes de dar sono aos insones, curar malária e outros tipos de febres. Esse miraculoso chá curava, com uso continuado, diabetes. E até houve um exemplo de cura de câncer no pulmão, divulgado entre o povo.

Ernestina não tinha vocação de curandeira e apenas exercitava uma irresistível generosidade. Vivia com pouco e nada mais desejava. Tinha felicidade e com ela tornava a alegria de viver que a sombra infecunda do finado Rei abolira. A felicidade é transmissível e já se vislumbravam pessoas ditosas, rostos jubilosos, influindo na produção de cereais e frutas.

Conto tudo isso e nem posso medir quantas infâncias brotaram junto ao ulmeiro, ou advieram da terra de Gerialdo.

## 13

Soube que Olivério, agradecido, procurou-me. E não me achou. Nem podia. Buscara, bem antes, o cajado e com ele ainda derrubei uma sentinela que tentou me enfrentar. E montei no cavalo de volta à caverna, voltei com pressa, voltei atravessando os flancos da floresta atrás de minha Alma. Eu, todo Corpo, buscando no galope a minha Alma, Tamara. Meu tambo de tâmaras. Ao chegar à gruta a encontrei vazia. Olhei para o arroio e súbito vi uma sobra de formosa mulher planando com o corpo sobre as águas, mais veloz do que elas e aves atrás, na frente. Amarrei o cavalo na mangueira, desatei o cajado e o depus, de pé, no tronco e gritei para Tamara que ainda não me vira, como se em êxtase estivesse. Desceu para abraçar-me, tal se nada houvera. Brilhava. E sua luz teria me cegado, se eu não pegasse palavra na mão. E coloquei entre nós palavra e Tamara se foi apagando. Até ver-lhe as faces coradas, os olhos azuis enchidos de céu, o corpo como se em pétalas brancas. E nos estreitamos, agora, sim, num só. E meu coração era igual a um trem aumentando a velocidade e havia a próxima parada. E podíamos nos amar livremente sem a precaução de estranhos, salvo os pássaros e os peixes. E ao nos estender ao solo, um andava no outro, sem carecer de palavras, régios. Nos acariciávamos com ternura e os sentidos se alumiaram. Fosforeavam os corpos, como as almas. Vagalumeávamos. E era indescritível a doçura da pele, do sexo, da inefável chama que nos cobria. E o desejo se excitava e chorávamos de amor, chorávamos de brisas, brasas. E o que em nós existia era de amor. Travessia. O que podia atravessar a luz senão a luz? E não passava tempo, não havia. E não existe idioma mais fluente que o da alma. Por se entenderem de antes. E de sempre. Até não precisarem mais de entender. Caindo o limite de alma, uma lagartixa resvalou no limo e borboletas cerziam o ar debaixo da árvore. E as coisas no amor aconteciam, antes de acontecerem. Amar, sim, com muita luz se inventa. E essa luz não engasga. E pura como as estrelas. E ficamos imóveis, cintilantes, como se fôssemos de água. E ao sairmos do ninho, contei o que sucedera. Cada ceitil. Tal se as palavras contivessem passarinhos. Ela foi gostando muito, acompanhava cada ênfase, ou lenteza. E a forma com que os fatos se demarcaram. Sabia quanto o Destino alinhava ou prepara, depois ataca com inteirezas. Nenhuma morte lhe agradou, ainda que vendo a precisão. Nem lhe contei que fui eu que matei **Manassés**. Sim, o estribo do pé no cavalo não se arrepende quando pisa. E a loucura do tirano, desde o começo, tinha loucura no fim.

## Capítulo Décimo

### 1

Estava livre Assombro e podíamos voltar onde morávamos. A pressa não abotoa a espora e devíamos aguardar um pouco, aguardar as coisas se formarem de entendimento. Nada se dá em flor, a não ser espinhos. E quis saber de Tamara como assim voara, sem a ciência de asas. Como a ave de dentro, queria vir para fora e seguir outras aves. E me disse:
— Tanto aprendi contigo, tanto vi de acontecer, que também fiquei de palavra. E daí também quis alçar-me. Fiz palavra me empurrar e, quando fui dizendo, voei. Voar é uma lança que não se vê o cabo. E Tamara sorria feliz. E a felicidade não requer mais muitas palavras. E o que se tornou difícil foi sair do paraíso, daquela serena caverna, de talhe maternal, sair de perto do arroio corrido e limpo, sair de sob a mangueira de tamanha infância. O presente é fabuloso, não

o futuro. O presente não quer mais estancar como sangue da ferida. Sair fere. Tem garrucha armada dentro. Destino põe os olhos para fora e não o quero. Mete-se demais. E para nós se esgotava. Era de a vida avançar. O que ia ficando, estancava e se não puséssemos água de ir adiante não poderia crescer — parar não brota. Viver é ter que ir continuando sem virar para trás. E foi Tamara também que alertou. As coisas vividas não voltam com a maré. Tínhamos que ir até o mais do que vivido. O além que nos esperava em Assombro. E há muitas dobras na volta.

Juntamos roupas, cobertores, lençol, coisas de usança e as recolocamos no saco. Os cavalos, mais velhos, como nós, porém, garbosos, altivos. E tomei do cajado e do facão encilhando-os na montaria. Olhamos por último o ventre de onde saíamos, madurado. Olhamos a mangueira inefável e o arroio sigiloso com algumas pedras grandes. Olhamos as aves e elas nos viram, piando, piando. A noite piava. E rasgando veredas, cipós, umbras, galhos cavalgamos. Ia eu na frente. As estrelas em cima. E os uivos, sussurros. O vento corria atrás. E alcançamos as ruas de Assombro, como se houvera suportado devastadora tempestade. O vento corria e a praça central fenecera, irreconhecível. E enfim apeamos, primeiro na morada de Tamara. Trancada, com teias e pó. E os móveis sem brilho. Os utensílios e o fogão um tanto ferrujoso. A casa carece de dono para sobreviver, como nós, de amor. O inabitado tende a se desmanchar, sumir. É o rastro humano que retira as coisas da ruína. A casa já era outra, bastava que entrássemos. Rumamos para a minha habitação, não muito distante. A dor era a mesma, convicta. As poeiras e teias invadem nossa frágil humanidade. O quintal de fungos.

Também ganhou alento ao nos ver. Dormimos no quarto com a janela aberta. E quando acordamos, percebi que o relógio da parede que parara principiou a andar.

Trabalhamos duramente, Tamara e eu, para limpar as nossas casas. Arrumamos uma ajudante, a Henriqueta, negra e sólida. Com braços musculosos de ferreiro e de boa cepa. Sua voz era um sino.

Dias depois recuperamos o fôlego. À praça retornaram os velhos, sentando nos bancos e pegando sol.

O aturdimento dos últimos anos fora substituído por uma nova juventude.

— Os anos não mudam nada — dizia meu avô — nós é que mudamos.

Os mortos durante o sinistro reinado de **Manassés Primeiro** tiveram na frente do palácio governamental um monumento de bronze, com os nomes de todos os desaparecidos e os dizeres em metal: "A pátria agradecida recolhe seus heróis, agora possuidores de inacabável felicidade".

Deixou-me pensativo. Por acreditar serenamente que só a vida é feliz e os mortos já não sabem nada. Ou todas as coisas se fizeram novas para eles e velhas para nós.

## 2

Soube que Olivério assumiu o poder, num regime social-democrático (onde muitas vezes não se sabe aonde vai o social e aonde vai o democrático). Tive pena da proeza que lhe coube de refazer Assombro, certo de que sua integridade haverá de resistir à corruptiva tentação, que é o poder.

E foi ele que viu Manassés Primeiro (depois de mim, sem dúvida), com a cabeça ao lado, com os cornos que de forma misteriosa desapareceram e as orelhas grandes de cavalo que jaziam inabaláveis. Mandou levar o corpo num catre, com todas as suas partes. E foi enterrado diante da castanheira, num buraco fundo, com velocidade, já que sofria adiantado apodrecimento. Tão fundo e com pedras, para que a terra não o pudesse expulsar. A cabeça foi jogada logo, depois o corpo que ia com rapidez, de podre, virando cinza. Ninguém quis contemplar por mais tempo a opulência da terra que o vestiu. E salvo a fugaz lembrança do local, ninguém mais ao certo divisará onde jazeu aquele defunto. Porque, aos poucos, a terra vai-se alongando e nem vestígio ou sombra resta do homem. Os legisladores e juízes, uns que quebravam com as picaretas, pedras no pé da colina e os últimos que exerciam, a função de coveiros, todos foram liberados. Agora mais humildes e incorruptíveis, voltavam aos antigos cargos.

Com a sabedoria que malhava o ferro do poder para que não esfriasse.

### 3

Uma batida de Tamara no meu ombro, tirou-me de cogitações. E o contato com o Exterior nos deram ciência da batalha entre Riopampa e Solturno, pela água de um rio que se chamava *Tonho* e, às vezes, *Sonho*.

Desde a aceitação popular de Olivério Quiroga (seu nome de família), a única novidade fora o circo em Assombro e ocupava no lado esquerdo do sopé da colina; o direito continha uma pedreira. E que chegou com suas fanfarras, palhaços, anunciando o espetáculo pelas ruas, com um elefante à frente, obedecendo ao domador, de roupas coloridas, com uma corda ao pescoço, espécie de coleira, que o guiava. E pessoas com entusiasmo aplaudiam, enquanto um corneteiro tocava, alardeando. Assombro no alarido era coisa viva, estava virando flor.

Tamara e eu fomos à sessão do circo. Não deixa de ser nunca comemoração da infância. E o que é da infância me concerne. Por não terminar jamais seja no jovem, ou no velho, ainda que não se saiba. Disse alguém que "pelos olhos nos vamos da vida", como pela vida nos vamos dos olhos. Era noite e não sabia que pestanas tinha a noite e nem interessava. Sentamos e surgiu no picadeiro um homem com pirueta num pé só, girando à esquerda, até voltar ao início. Depois ágil, pondo o polegar no arção do corcel, equilibrou-se nos músculos do lombo, erguendo o peso do corpo no ar, repetindo a proeza, sob os aplausos da platéia.

Depois, deixou tombar o corpo, sem se apoiar em nada. E susteve-se, a seguir, num impulso entre as orelhas do cavalo. E rodava como um moinho, tornando a cavalgar sobre a andadura do animal.

Anunciavam pelo alto-falante os palhaços que, entre piadas, davam cambalhotas, com vestes esdrúxulas, rostos e narizes postiços.

E a sensação do espetáculo era a trapezista; reconheci a mesma Sara, formosíssima, desenvolta, que um dia apareceu no banco da praça, aos 11 a 12 anos de idade, com tranças louras e compridas, falando em idioma ignorado e que desapareceu inexplicavelmente de Assombro. Agora reaparecia, artista consumada, que voa de um trapézio a outro, com perícia e deslumbramento, enquanto a platéia explode em ovações.

Nós a procuramos no acampamento, depois do espetáculo, e Sara, a trapezista, recordou-se da cidade e não me esqueceu. Falava a mesma língua e o tempo não sonha sozinho. E ela disse, sorridente: — O tempo cuidou de mim. Não, não sonha sozinho. A lembrança tem tosse e eu tossi.

E a lembrança também dá voltas. Ibrahim, O Mágico, o que me dera o anel — soube por amigos comuns — faleceu no arrabalde, onde morava, tendo um acesso de lucidez e febre, tamanho que, ao escrever sobre o chão, achava estar escrevendo no arco-íris. E gravou na terra um círculo, com a letra que se assemelhava à letra Alfa grega. E sofreu um fulminante enfarte. E eu continuava com seu legado.

Ibrahim se afeiçoava, nos estudos, ao pensamento de Nicolau Cusano, sábio italiano, com o princípio que lhe adviera de um antigo manuscrito: "No universo Deus é o centro e a circunferência". E essa verdade se tornou o cerne de sua arte mágica. Comia pouco e teve seriedade nos seus dons, alguns miraculosos. Como o de ler as mentes, interpretar intuitivamente escritas arcaicas. E aprendera, desde cedo, a fazer as pessoas retornarem, sem hipnose, à infância. E a partir dali, ajudava a retirar os traumas. Entre os curados, estava um poderoso da cidade que o buscou, aflito. Pois era cumulado de pesadelos e não os tolerava mais de tanto que o enlouqueciam. E Ibrahim pôs sobre a sua testa a palavra e a partir daí nunca mais voltaram a atormentá-lo. E não tinha esperança nas coisas, a ponto de achar que nosso patrimônio é o dos ossos. Agora íntimos da terra. E os sonhos se apagam na água. E o registro a Rabelais: Ibrahim possuía um só defeito. Bebia raramente, mas quando bebia era levado à ebriez completa, sem nenhum senso do acontecido. Como se para ele "a eternidade fosse bebida e bebida, eternidade".

E ao me recordar de Ibrahim, O Mágico, percebi que o amanhecer era uma garrafa. E não sei em que medida o tempo sabe disso, nem que gosto tem a eternidade, ou possuía atroz felicidade ao embebedar-se de amanhecer. Falei em Ibrahim e as imagens vão-se desfazendo da memória. E não aludi ao fato de haver tornado ao emprego de amanuense e revisor do Destino. Decifrando nessa volta os arquivos municipais, com a língua secreta do universo, ainda que alguns símbolos ou letras nos alfarrábios sejam ninhos de andorinhas extraviadas, ou de formigas, ou cupins. E o Destino quer as memórias cada vez mais puídas ou mastigadas, não importando guardar seus feitos ou proezas. Prefere o esquecimento. E eu retifico e restauro o que é sagrado, por manter unidade de alma nas palavras. Até os acontecimentos mais desimportantes estão carregados de sentido.

E anoto o prestígio de um monge agostiniano que trabalhava na universidade, sucessor condigno de frei Alverno, na exegese humanística, revestido de erudição monacal, frei Gustave de Bellène, por haver escrito um livro muito vendido e propagado — "Os trabalhos de Prometeu". Não trata apenas desse mito, deus das crianças e loucos, como é de imaginar, culpado por ter roubado para os homens o fogo, sendo por castigo pregado num dos píncaros elevados do

Cáucaso, já que desobedeceu a ordem de Zeus. Trata mais: do progresso com face incerta do futuro. E ele se nutre da vida e da morte dos indivíduos. Sendo a barbárie — e é daí a referência ao império de **Manassés Primeiro** — produção desafortunada. E que uma nova civilização surgida dos desastres tenha o desígnio de Prometeu, qual seja, trazer o fogo sagrado ao devir, com uma civilização mais aperfeiçoada e humana.

Gustave de Bellème, considerado monge modelar, não residia no mosteiro, mas com outros cristãos na comunidade primitiva, dividindo entre si o pão e os bens. Cercava-o até certo odor de santidade, negando-se à veneração das estátuas de santos, por ser fiel aos *Livros Sagrados*.

Contam dele até que se elevava do solo, muitas vezes, quando se punha a orar. E usava raramente o hábito, preferindo, viver na prece, nos estudos e na anunciação da Palavra de Deus.

Não aceitava pastorear ninguém: era um mero servo — e isso repetia — para que não houvesse dúvida, impedindo que lhe impusessem outros deveres. Se os Superiores da Ordem o queriam no convento, sua posição era estar com seu povo, lecionando na universidade, rodeado de discípulos, três vezes por semana.

Pequeno, de saúde frágil, modesta, bela cabeça num tronco de quase menino. Permitia que nele prevalecessem a infância e a loucura de Deus.

Previu sua morte, depois que teve um sonho, onde uma voz divina o convocava. E calou. Viveu 35 anos, a metade do tempo de frei Alverno, célebre como ele. E ambos se foram de mesma enfermidade: rompimento da pleura.

No dia em que selou os olhos para a região suprema murmurou docemente, com voz tênue: — O fogo que me possui não apagou sua chama e é quem me leva.

Quando seu ataúde foi posto no covo da terra, uma alegria inexplicável dominava a todos. Nenhuma lágrima. Escutei o que não assistira antes: palmas que irromperam do povo acompanhante. E olhei e vi no céu uma viola de andorinhas. E começou a vir um grande vento. E aquele vento se assemelhava ao do começo do mundo. E o vento atravessou Assombro como uma espada. E se prolongou pela noite e o dia seguinte.

O sentido do mundo e de cada homem é um inexplicado segredo. E muitos acontecem na cidade, por ser fabuloso o que está sucedendo, ainda que não se veja.

E o que sucedeu na memória se põe a imaginar. E não existe árvore genealógica do milagre. Cada coisa é indefinível e não pede sucessão.

E até a feiúra é inexplicável. Soube de Gertrudes — a que era dolorosamente feia. Com bexiga na cara, nariz pontudo, narinas dilatadas, além da dentuça. O corpo era gracioso, com a pele diáfana e os seios, como dois montes rijos e pescoço ajeitado.

Seduzia os homens que a contemplavam por trás e recuavam ao vê-la de frente. Gertrudes cairia bem no diálogo de Rabelais, que mostra o preconceito da Idade Média (com alguma raiz na Moderna): "A propósito — indaga o monge — uma mulher que não é bonita nem boa para que serve? — Para ser monja — responde Gargantua. — Tem razão — responde frei Jean, e para fazer camisas".

Mas talvez por não ter Assombro qualquer idade, muito menos a média, Gertrudes estava salva, mesmo que não fosse rica para comprar um homem. Subsistia do emprego na fábrica e morava em pensão, justamente numa água-furtada. Sentada, da janela via transitarem homens, mulheres ou o trem que cortou a cidade. E levada por instinto, desceu, seguindo para a estação, com olhar tresloucado, entrando num dos vagões do trem. Quando a máquina apitou, partiu com a roupa do corpo, assentada num lugar vago. E desapareceu com a fumaça.

Dias depois, quando a locomotiva retornou, Gertrudes envelhecera na janela e estava irreconhecível. E continuou assentada e indecifrável, até que ninguém mais a viu. O único vestígio — e há quem duvide que seja dela — foi visto meses depois no corredor do vagão: um monte de pó comido por formigas. E se Rabelais disso soubesse, haveria de ter misericórdia. E eu, sem ser Rabelais, registro esse informe. E a lápide é de Goethe — dela e de todos:

"Em todas essas frondes
A custo sentirás
Sequer a brisa leve".

E quando meditava nisso, Tamara pegou a minha mão e exclamou: — Vamos! E saímos quase tropeçando pelas ruas, de mãos unidas e sem olhar para trás. O mundo se sacudia ou não, não importava, descíamos a encosta e íamos para a casa de Tamara. E entramos. Nosso amor raiava e era formoso. Entramos, como um pássaro vai revoando noutro. Em nós o mais puro quilate de alma. E juntos no quarto, em desejo, corpos não se desequilibram, gravitam o lapidado espaço. Nem sabíamos, nus, o começo e os termos. Mas as almas, sim, sabiam de tudo. Como se alguma celeste harmonia nos fosse, de manso, regendo. E as sementes sossegam no grito, sossegam nas sementes?

## 4

Não, não falei antes — quando, porém, falaria. E vi o quanto Tamara, de manhã, estava extravagante e bela.

— Olha, as gaivotas emigram (e as olhávamos pela janela aberta).

— É estranho: parece que voam — não sentes — dentro de nós?

E Tamara agarrou minha mão esquerda, usufruindo esta quieta eletricidade. E me indagou, pensativa: — A que classe pertencemos?

— A que é sem idade — respondi. E ela sorriu. E o que ia durando no contato não acabava.

— O impossível não há e ele é toda a realidade! — firmei.

Revelando o desejo de ser possuída, ao estreitar-me forte, estávamos sós. Até o fundo do corpo: a alma.

— E te amo! — falamos juntos, com a noite tendo grossos braços e ali nos engolfávamos. A noite se cindia em metade e não havia coincidências, salvo as que brotassem dos corpos. E era inacreditável o universo!

— A coincidência é o sonho — ela me disse. E o que acontece só em alma coincide.

— Mas o fato de estarmos vivos é o que nos mata... O sol é visível ao amor?

— É o que nos revive, mata e revive de novo. E não se torna alma nem sonho.

— Coincidimos de abismo e isso nos toca!

— Fomos longe demais — E ela, confiante:

—Vamos sempre de volta ao princípio. E não há causa.

— Nem a nudez termina quando é luz. E víamos gaguejarem as estrelas.

— E vamos, vamos, as gaivotas voam dentro de nós.

## 5

E não, Tamara, não falei antes. Nem tudo se diz, "ainda que até no silêncio haja erros lingüísticos". E aqui não há nenhum. Amor revela tudo, sem que exprima nada.

Não falamos que casamos no cartório civil, sem convidados. O que estava em nós não era desdobrável. No mais, as coisas que se apontarem de amor, tomavam nome. E o que tinha nome não se armava mais de morte. E o que então se nomeava, começava a enverdecer.

Decidimos vender uma de nossas casas, por já sermos uma casa apenas, branca toda de ar, uma casa dentro de outra.

Vendi a minha na primeira proposta e o dinheiro foi posto em conta comum. O progresso econômico inventara os bancos e os bancos reproduziram o capital estrangeiro. Mesmo que se saiba, como o poeta Robert Frost protestava: "Um banco é o estabelecimento que nos empresta um guarda-chuva num dia de sol e o pede de volta quando começa a chover".

E não chovia dinheiro e Assombro, ao superar a fase da permuta, voltou à moeda e ao ouro. E não seríamos nós, a mudar o procedimento que se tornara usual, ainda que continue crendo que a permuta permaneça eficaz. E voltará ao uso, de acordo com as necessidades.

— E dinheiro não traz felicidade para aquele que não o possui — frisava, com certo tom jocoso meu finado avô. Ademais, meu ganho de revisor era o suficiente para viver. Envelhecíamos, mas o amor não: tinha a primeira infância. E o meu cajado? Ficara no canto silencioso de nossa biblioteca, com algumas estantes envidraçadas, onde não faltavam livros. Muitos sublinhados.

Contei sobre o casamento por vontade de Tamara. Tinha Francis Bacon alguma razão e era esse o motivo que omitia tal fato? Dizia: "Todo homem se descobre sete anos mais velho na manhã seguinte ao casamento". Confesso que não, não era por isso. Achei-me ainda mais jovem depois. Era simplesmente porque vi muitos serem infelizes depois que puseram no papel o amor. E estava enganado. Reaprendi.

— Tamara — eu disse —, somos felizes porque somos felizes. Não há outra maneira de ser corpo numa só alma. Nem outra forma de respirar o mundo. Bastava-nos ficar juntos, nos sentir juntos e de nenhuma palavra mais carecíamos. Ela que carecia de nós para ser coisa, pássaro, nuvem. E os pensamentos não andam para trás. Voam, se nos descuidamos. Ou então nos fazem voar.

## 6

E até onde o leitor pode saber de nós? Há novos pontos de que nem precisa saber, nem saberá. Salvo se desvendar as entrelinhas ou ter a mente mágica do falecido amigo Ibrahim, o que me deu o anel e era capaz de andar com suas pernas lentas e seguras no pensamento alheio. E o que se conta também não só aconteceu, também pode acontecer.

## 7

Dentro da manhã, que não era de primavera, em buracos azuis no dia, Tamara mexeu no meu cajado, balançou. Eu gritei não para ela. E me disse: —Tens algo a esconder-me, e como, se sabes tudo sobre mim? Amor não se esconde, se abre. Balançou teimosa o cajado por eu ter tido o lapso de abandoná-lo na biblioteca, junto à parede de pedra e agora corria este risco.

Ou talvez fosse ela a exigir-me atenção. Tamara balançou e escutou o ruído de um objeto dentro. E descobriu a caixa e nela o anel. Calei no início e aquilo significava viver, ou não. Ali se postara o tal Destino contra quem resmungara infindavelmente. Ali estavam o céu mais as estrelas, as brisas, a lua, o firmamento, a liberdade.

Pegou na mão o anel, como se me pegasse pequeníssimo, um mínimo sobre a palma. Pegou e me inquiriu o que simbolizava. Ou era de algum casamento ou noivado que lhe não revelei... Olhou-me seriamente e eu, a ela. E ali comecei a achar que a perdera e me senti enlouquecer.

— Não havia motivo — me disse. — Por um simples anel? — Nunca te menti — falei. Sempre contei que me fazia invisível e não acreditavas. — Invisível? Insistes nisso? O que tem a ver o anel? E eu vagava ao fundo de um desconhecido, absurdamente vagava. E o céu era um buraco azul. E eu era um buraco azul e o segredo tinha vida ali dentro. Se existisse sozinho, aquilo não me seria tão severo.

E ao feri-la, me feria. Pedi ao alto as mais amenas e longevas sabedorias. Nada estraga tanto o arrependimento quanto a confissão.

Persisti e pronto fiquei de morrer. Bastava que Tamara cresse e estaria no abismo. Antes, porém, indaguei:

— Queres que eu morra?

— Nunca.

— Esse é um segredo e está sob palavra. Se o disser, desapareço no ar. Ou em artigo de morte me vou.

— Então não, então não! — repetiu.

— Ou ficarei, sem revelá-lo, tão invisível, que não me verás mais.

— Não, não quero saber. Careço de vida, careço de amor e não de segredo.

E nos abraçamos, enquanto um grande vento também nos entrelaçava. E pensei: Não preciso do anel para voar, preciso dele para me tornar invisível.

E foi ela que guardou, cuidadosamente, o anel no bojo do cajado. E aquele anel se assemelhava à minha infância resguardada num baú de memória. A ninguém cabia desvendá-la e era tudo um essencial com odor de eternidade. Talvez o segredo de meu nascimento e das infâncias na infância que não podia contar. O fato é que ali se delineara o limite e não seria ultrapassado.

Não lhe disse, mas ela entendeu que havia um mistério. E ele nos mantinha juntos. E bastava.

Sim, debaixo do mistério, havia outro maior. E amar é fixar limites de continuarmos vivos. Porque o anel, se descoberto, daria primazia entre os homens e neles não se discerne o bem do mal. E se o utilizassem — e não estaria mais vivo — jamais haveriam de entender o senso do impossível, nem ela talvez o entendesse. E não pareceria improvável, era o impossível mesmo. Sem invólucros ou camadas. Como "é impossível mudar o passado" — afirmava Cícero. É impossível mudar certas coisas do futuro. E esse é o cavalo de batalha do Destino. E Destino é igual à História — sobre a qual, certeiramente, Bernard Shaw dizia que "não ensina nada". Mas não teria ele conhecido o amor que ensina tudo.

## 8

Li certa frase, não sei onde, que "uma onça de discrição vale por uma libra de gênio". O certo é que o amor está cheio de Deus. E nesse gesto de Tamara brilhou amor. E usamos os dois o que era possível, para o impossível, que já se tornara eterno.

Quando usávamos de palavra, compúnhamos o círculo e aves se cruzavam conosco no céu. Palpáveis voávamos.

Éramos corpo e alma, éramos alma e corpo, éramos palavras.

E se alguém em Assombro nos assistiu, achou que éramos sombras de sombras de pássaros. E nos tornamos da estirpe deles. Voávamos juntos, enlaçados e o céu era como o fundo de uma agulha, tal o fio no furo das estrelas, de tanta altitude andávamos.

E vez e outra pensávamos entre os humanos, suportávamos as contingências de penúria ou do sobressalto. E até de nos alimentar, tínhamos à mão frutos suculentos de árvores. E um dia tornamos à caverna sob a mangueira, no fundo da floresta. Sim, lá no fundo das fábulas, onde a prata se depura. E no covo da gruta, que nos aninhara, como o flanco de uma nave, havia ruídos que ali não nos dávamos conta, como se um oráculo de sua boca falasse. E o olho agudo, desde as entranhas da criação, nos contemplava. Quando a noite múltipla das rochas nos abrigara, sendo um antro secreto do repouso.

E o arroio singrava um espelho noutro, bebendo de água o azul.

E voando, ou amando — e voar era cimeira de amor — quanto mais nos aproximávamos, quanto mais nos afundávamos um no outro. Mas o dia caminha de pé. E nós, com redondo silêncio, gravitávamos. E o tempo vai e não volta, e nós voltávamos para os arcanos da memória, ou para o princípio do mundo. Transcendíamos a gravidade, ao invés de cair, subíamos. E ao voar, esquecíamos limites, ou eles nos esqueciam. E onde nada estava nomeado, é que avançávamos. E começávamos a designar de novo. Bebíamos a lua na água, bebíamos a água. E não retínhamos complexo algum de altura, nem nos importávamos se o mundo ouvisse ou não o retumbar ébrio dos corpos. Como se fôssemos almas. Não importava mais —, pois me demiti do cargo de escriba e revisor do Destino. Que ele escolhesse outro. Competindo-me a alegria de não me ter resignado nunca. Por continuar vivendo. Não, o amor vai preenchendo os vazios e nos recupera seus finais. Nenhuma água mais perdêramos na memória. E foi assim, foi voando, que morremos juntos no mesmo sopro. Com olhar que se irradia, com centelhas escapadas do céu, para além dos sonhos, para além da pedra. Afiados e cavados de Eternidade.

## 9

O mais consta das *Crônicas de Assombro*, que outro amanuense e revisor do Destino escreveu, não sei se com o mesmo alento. E contou que dois corpos jaziam entrelaçados na relva da floresta. Tanto o de Jonas Assombro quanto o de Tamara, que levava junto o sobrenome do marido, anotado por mim no Livro do registro de nascimentos, núpcias e óbitos, que reorganizei. E foram juntos sepultados. Estava ali o governante, Olivério e muitos do povo. Ninguém sabia por que Olivério chorou, ao reconhecer em Jonas, que nunca mais encontrara, o que o ajudara a libertar Assombro. E não era em vão que carregava a cidade no seu nome. E quando os enterraram em vala comum no cimo da colina, onde tantos outros dormiam, as andorinhas se volviam, num enxame, entre visitantes e coveiros, mal os deixando mover-se.

E os corpos, na medida em que eram depositados no buraco da terra (parecia azul, como se o céu parasse ali), iam devagar ficando sementes no ataúde, pois num só e amplo os puseram. E agora eram mínimos, levíssimos, bastando plantá-los. Com terra fervorosa.

E mereceram, um mês após, por ordem do Governante Olivério Quiroga, uma estátua de mármore na praça central, junto da amendoeira, com nomes unidos e as efígies de ambos abraçados.

## 10

Não adiantam os dentes do orvalho ou as pétalas da geada no bosque de Assombro, se Jonas e Tamara estão mortos. Nem para quem os conheceu e viu quanto se amavam. E para dizerem que o amor se vai desmanchando com o vento. Ou o azul que invade o dia, escapou dos esvaídos olhos de Tamara.

E estas Crônicas não narram o instante em que caíram subindo, ou como o amor pode ser atingido em seu ápice humano e divino. Ou teria que, veloz, se consumir para, quem sabe, durar. E o que sentiram é melhor não saber. E o que os supriu na altura e tempo não há de ser mensurado. Por entrarem numa esfera em que a luz perde o tempo e as Crônicas desconhecem.

Onde as palavras ou vozes de ambos? Ecoam ainda em Assombro? Ou não serão continuadas como instrumentos de cordas, inertes todos na erva.

Nem se sabe se ficaram sem ar de viver, por se quererem perenes. Podendo haver alcançado Alma Inteira, sem seus corpos. E tinham nações na língua e mapas de um só idioma, entre ditongos de rios e azuis fonemas de pássaros. Não nos adianta que os bosques preservem lírios na boca, nunca aceitamos escassez, miséria ou extinção de seres, nunca estaremos conformes. E estas Memórias não mentem: o que de existir, se inventa, ao ser escrito é verdade.

E o curioso é que Jonas Assombro era visto de forma variável, de acordo com a testemunha. Apenas num aspecto coincidiam: era alto, forte, de nariz carnudo, ombros um tanto recurvos e os dedos grandes, com os vincos e cavacos da pena. Quanto aos olhos, eram verdes para uns e expressivos para outros, sem distinguir a cor. E seu andar, ora apressado, ora sinuoso, enigmático, como se esgueirando. O que revela sua constante viagem dentro de si mesmo. Ou não revela mais nada, já que para a terra se foi.

Não, não adiantam os dentes do orvalho ou as rosas de geada nos campos, porque esses mortos e outros nos trazem sua falta. Jazendo em aldravas de pedra.

E os vivos — poucos são da estatura e nobreza dos que se ausentam. E muitos que restam são tardos, pequenos, vaidosos e sem reparar sobre o amor. E todos perdemos e nenhuma diferença se faz entre os contemporâneos tão previsíveis, cordatos, salvo a paciência de suportar o problema de não poder enterrá-los, por respirarem ainda. Não me conformo e nem sou resignado em perdoá-los, ou eles a mim. E nenhuma vírgula troco do que vai aqui relatado.

Ou caritativo não me fixo em nada, nem no buraco do céu ou da felicidade. Não me conformo com a burrice da esperança e de ser mais bárbara do que nós a memória, por avariada e falar sozinha com os mortos.

E nem a insônia surpreende o quanto persistem dormindo alguns sonhos. E como Jonas Assombro, também eu, escriba e revisor do Destino, jamais me conformo. Por ser ele cego e eu estar sempre vindo de volta. Por só chover lá por dentro da infância. E sem data protesto. Porque se paga o mal e o bem — (esse com presteza). Paga-se o amor por excessivo preço.

## 11

Mais relataram ainda estas Crônicas: no provável sítio, em que Jonas e Tamara foram plantados — e é provável porque o chão se vai derramando e se apossa de tudo — dali se alteou um cedro, dentre todas as árvores, o mais florido e elevado. Com a fama de ser miraculoso, o que não tem confirmação pública. Apenas de fala em fala, como precioso recado, dado ao ouvido desse povo. Sobretudo trazia cura de amor aos que dele careciam.

Ademais, cumpridas foram as cláusulas de um testamento, escrito à mão por Jonas Assombro, achado sobre a escrivaninha da biblioteca, determinando que a casa ficasse para servir de escola e continha ainda certas minúcias que despertaram curiosidade sem fim: eram sobre o cajado. Com a recomendação de que fosse enterrado de cabeça para baixo, mantido intacto o que continha no bojo, para que males não caíssem sobre quem o violasse. E assim foi feito, sendo o cajado engolido, no mesmo instante, até sumir, pelo ávido solo — o que causou espanto. E quem contemplasse melhor o cedro que se ergueu e o radioso oceano, ao longe veria que tinham a mesma tez de bronze lapidado. Só a morte não possui cor de bronze. Faz um buraco pequeno quando entra e grande quando fica. O buraco de uma constelação. E a dor dos homens conta muito pouco.

**INFORMAÇÕES SOBRE NOSSAS PUBLICAÇÕES
E ÚLTIMOS LANÇAMENTOS**

Cadastre-se no site:

www.novoseculo.com.br

e receba mensalmente nosso boletim eletrônico.

novo século®